ぎりぎりの本屋さん

まはら三桃　菅野雪虫　濱野京子
工藤純子　廣嶋玲子

講談社

ぎりぎりの本屋さん

プロローグ

小さな町の小さな商店街。そこを抜《ぬ》けて細い路地に入ったところに、本屋が一軒《けん》、ぽつんとあります。

この本屋のことなら、町のほとんどの人が知っていることでしょう。ずっとずっと前からここにあるお店ですから。でも、実際《じっさい》に中に入ったことのある人は少ないはず。みんな、通りすがりに、ちらっと横目で見るのがせいぜいです。

というのも、この本屋が本当に小さくて、古くて、なんとなく足を踏《ふ》み入《い》れるのに勇気がいるようなお店だからでしょう。中は狭《せま》く、積んである本は古く、ほこりくさい。

それなのに、なぜかつぶれない。崖《がけ》っぷちまで追いつめられながらも、ぎりぎりのところで踏《ふ》ん張《ば》り続《つづ》けている。そんな本屋なのです。

だからでしょうか。ここに来るお客さんは、いろいろとわけありの人ばかり。だから、ぼくもね、一人一人にあわせて、きちんと対応《たいおう》しなくてはならないわけです。

お葬式《そうしき》に行く人には減災《げんさい》の本をすすめたり、無理をして自分を見失いかけている人には、ちょっと危険《きけん》だけど、ためになる本を渡《わた》したり。
せっぱつまっている人には、もちろんおトイレだって貸《か》してあげます。

え？　ぼくは誰《だれ》かって？
それはまあ、今はどうでもいいことです。

とにかく、入っていらっしゃい。本屋は今日も開店中ですよ。

目次

ひとつ多い〝な〟

まはら三桃

あ、だめかも。

歩いていた菜菜子《ななこ》が慌《あわ》てたのは、その看板《かんばん》が見えたときだった。

夕焼けが照らす道を、秋吉《あきよし》菜菜子は塾《じゅく》へ向かっていた。背中《せなか》にずっしりと重たいリュックをしょって。家を出てからずっと、よろよろと沈《しず》みこむように歩いていたのだが、いつものように商店街を抜《ぬ》けたとき、ふと目をやった路地の先に古びた看板を見つけた。全体的にかすれているうえ、文字が一部分消えている。だが、何のお店かということはかろうじてわかった。

『…………書店《しょてん》』

こんなところに本屋さんなんかあったっけ。

いつも通っている道だけど、これまで気づきもしなかった。と、次の瞬間《しゅんかん》、菜菜子の体は予想外の感覚に見舞《みま》われた。

ここではまずい。

とっさに歯を食いしばってこらえたが、事態《じたい》は差《さ》し迫《せま》っていた。

……借りようか。

路地に入り、本屋に近づいてみる。いくら何でも、初めて来るお店にお願いするのは恥《は》ずかしかったが、そうも言っていられない。菜菜子はガラス戸越《どご》しに中をのぞいてみた。

つぶれているのかな。

何しろ古いお店だった。木造《もくぞう》の小さな平屋建て。屋根はいかにも重たそうな黒い瓦《かわら》で、入り口はガラスの引き戸。今どきあまり見かけないような建物で、ひっそりとしていたけれど中に人影《ひとかげ》が見えた。いちおう営業《えいぎょう》はしているようだ。

それを確《たし》かめた菜菜子の顔はかっと熱くなった。ぐずぐずしているうちに我慢《がまん》が限界《げんかい》に達したようだ。もう恥ずかしいなんて言っていられない。何しろすぐにでも飛び出してきそうなのだ。

ガラガラガラッ。

菜菜子はお店のガラス戸を一気に開けた。すぐそばのレジに男の子がいた。

「すみませんっ！　お手洗《てあら》い貸《か》してくださいっ」

恥ずかしさを叫《さけ》び声《ごえ》でかき消すように言うと、男の子は奥《おく》のほうを指さした。指の先には階《かい》段《だん》があり、壁《かべ》に「トイレ」の文字と下に向いた矢印が描《か》いてある貼《は》り紙《がみ》があった。

「ありがとうございます」

走りながらお礼を言い、階段をかけおり、トイレに飛びこんだ。素早《すばや》くドアを閉《し》める。

「うっ」

そのとたん、口からもれた嗚咽《おえつ》を、菜菜子は左手で押《お》しこめるようにおさえた。そうしながら右手でトイレットペーパーを引《ひ》っ張《ぱ》り出《だ》して両目にあてた。ペーパーはたちまち水分を含《ふく》んでほおに張りついた。

「ううっ、えぐっ」

こらえきれず、泣き声まで上げてしまう。

歩いていた菜菜子を突然《とつぜん》襲《おそ》ったのは、泣きたいという衝動《しょうどう》だった。心の中にうずまいていたことが、なぜか本屋の看板《かんばん》を見たとたんいっぱいになって、今にも飛び出しそうになったのだ。けれども人前で泣くのは恥《は》ずかしすぎる。商店街は夕方の買い物をする人たちでにぎわっていた。その中には知っている人もいるかもしれない。それでこの本屋に飛びこんでしまったのだった。

背中《せなか》のリュックが重たかった。

どうして、こんなことしちゃったんだろ。

泣きながら、今さらのように後悔《こうかい》がこみ上げてきた。何度もいやだと言おうと思った。でもどうしても断《ことわ》りきれなかった。だって断ったら、次の標的になるのがわかりきっていたからだ。みんなが少々飽《あ》きてきているということに、菜菜子は気がついていた。

今、標的になってしまっているあの子は、ターゲットにするには少し甲斐《かい》のないキャラクターだった。何をされても動じない人をいじったり、はぶったりするのはもの足りない。

本当にあの子はいつも笑顔《えがお》だ。だから「鈍感《どんかん》」とか「天然」とか言われてしまうのだけれど、そんなあの子のことが菜菜子はとてもうらやましかった。青空みたいに明るいあの子が。

それなのに。

「うわーん」

菜菜子は自分のしでかしたことを思い出し、トイレでひとしきり泣いた。どんどん出てきた涙《なみだ》でトイレットペーパーはぐちゃぐちゃになったが、思いっきり泣いたら、心は少し落ち着いた。

ジャジャジャジャー。

流れる水の音に隠《かく》れて最後にしゃくりあげ、大きな息をひとつつく。

涙がしみてぐちゃぐちゃになったトイレットペーパーを流してしまって、顔を上げる。

壁《かべ》についていた小さな鏡で確《たし》かめた目は少し赤かったけれど、もしレジの男の子に何か聞かれたら花粉症《かふんしょう》だと言《い》い訳《わけ》しよう。

菜菜子は無理に口のはしを上げてから、ドアを開けた。

ドアの向こうは暗かった。倉庫みたいにがらんとしている。こんな古い平屋の建物に地下室があるのはちょっと意外だったが、おかげで大泣きできたのはよかった。

菜菜子は階段《かいだん》を上って、一階に戻《もど》った。

男の子になるべく顔を見られないよう、深くおじぎをする。

「ありがとうござ……」

目を伏《ふ》せたままレジの前を通《とお》り過《す》ぎようとした。

「ぎりぎりだったね」

けれども言いかけたお礼がさえぎられて、はっと顔を上げてしまった。おだやかに笑っている男の子と視線《しせん》がかっちりと合った。

ぎりぎり……。

その言葉がちくんと胸《むね》に針《はり》を刺《さ》した。また目の奥《おく》がつんとしてしまい、菜菜子は慌《あわ》てて男の子から目をそらした。が、そのとたん思わず声を上げた。

「うわあ」

そらした目がとらえた店内が、思いがけないほど広かったのだ。外から見た感じではお店はこぢんまりしていたのに、中はびっくりするほど奥行きがある。それに天井《てんじょう》も高い。

すごーい。

圧倒《あっとう》されるような数の本だった。天井にまで届《とど》きそうな書棚《しょだな》がいくつもあって、本がぎっしり並《なら》んでいる。小学校の図書室にもこんなに本はないかもしれない。壁際《かべぎわ》にもずらりと本棚《ほんだな》。中央のフロア部分は、本棚の林のようになっていて、人がひとりやっと通れるくらいのせまい通路が何本もできている。

菜菜子はつい誘《さそ》われるように、壁際の書棚に近づいた。本が大好きなのだ。並んだ背表紙《せびょうし》を見渡《みわた》して目を輝《かがや》かせる。

わあ。

前に読んだことがある本がたくさんあったし、初めて見る本もあった。それにずっと読みたかった本もある。見ているだけでも心が浮《う》き立《た》ってきた。菜菜子は、スキップでもするような軽い足取りで書棚の間を歩きはじめた。

ここは外国の本のコーナーかな。

菜菜子は中でもひときわおしゃれな背表紙の本が並んでいる書棚の前で足を止めた。

美術館《びじゅつかん》みたい。

珍《めずら》しい本ばかりだった。背表紙が色鮮《いろあざ》やかでカラフルだし、中にはすてきなイラストが描《か》いてある表紙を表にしてある本もあった。菜菜子は外国の本もよく読むのだけれど、どれも知らないタイトルばかりだ。

つい見入ってしまったが、すぐにその目は一冊《さつ》の本にくぎづけになった。背表紙には、

『ひとつ多い名《おおな》』

と、タイトルが書いてある。

うっ。

菜菜子は思わず胸《むね》を押《お》さえてしまった。さっき刺《さ》さった針《はり》を、さらにぐいぐいと押しこまれたみたいな気がした。

耳の奥《おく》から心臓《しんぞう》の音が聞こえはじめ、たまらず本から目をそむけようとしたとき、声がした。

「その本はおすすめだよ」

菜菜子は声のほうを振《ふ》り返《かえ》った。レジの男の子だった。

「あ、はい」

改めて男の子を見る。

五年生くらいかな。

この店に飛びこんだときは大人っぽく感じたけれど、よく見ると、自分と同じくらいにも見えた。色白ですっきりした顔立ちだ。白いT《ティー》シャツの上にデニムのエプロンをつけているからお店の子だろうか。どこにでもいそうな男の子だが、小学校では見かけない顔だった。

隣《となり》の小学校かな。

失礼にならないように控《ひか》えめに観察していると、

「試《ため》し読《よ》みOK《オーケー》だよ」

男の子は笑顔《えがお》のまま言った。

「ああ、でも」

菜菜子は迷《まよ》った。その本は、読んでみるには怖《こわ》いような気がしたのだ。まさかとは思うけれど、自分の状況《じょうきょう》と似《に》たようなことが書いてあったらどうしよう。

それに。

腕時計《うでどけい》をちらっと確《たし》かめる。

「時間が……」

四時四十分。塾《じゅく》の授業《じゅぎょう》が始まるまであと二十分。塾まではここから歩いて十分くらい。本なんか読んでいたら間に合わない。

けれども菜菜子は思いなおした。

五分くらいなら大丈夫《だいじょうぶ》かな？

怖いけれどもどうしても気になるタイトルだ。それに正直なところ、このままここにいたい気持ちもあった。

「じゃあ、ちょっとだけ」

決心して本を抜《ぬ》きとると、

「そのへん適当《てきとう》に座《すわ》って」

男の子がすすめてくれた。

「え？　でも」

菜菜子はとまどった。「適当に座って」と言われたが、店内は書棚《しょだな》ばかりで座るのに適当な場所なんかなかったはずだ。だがもう一度見渡《みわた》して、

「ええっ？」

つい叫《さけ》んでしまった。すぐ足元に椅子《いす》があったのだ。

こんなところに椅子なんかあったっけ。

びっくりしてしまったけれど、なんとも座《すわ》り心地《ごこち》がよさそうな椅子だ。やさしいクリーム色の一人掛《ひとりが》けソファで、焼き立てのパンケーキみたいにふっくらとしている。菜菜子は背中《せなか》のリュックをおろして、ソファに腰《こし》をおろした。

わあ。

思ったとおりに心地よかった。ソファはまるで菜菜子を迎《むか》えにきてくれたかのようだった。本物のパンケーキにすっぽり包まれたような気持ちになる。ゆったりした気分で表紙に目を移《うつ》して、

あっ。

菜菜子は叫《さけ》びそうになってしまった。自分と同じ年くらいの女の子の絵だったのだ。しかも二人。そのうえひとりの子は、よくよく見ると自分に似《に》ているような気がした。

まさか、ね。

菜菜子は自分に言い聞かせるように首を振《ふ》ってから、『ひとつ多い名』の表紙をめくった。

〝こんなことやっていいの？〟

ぎゃっ。

最初の一行からずどんときた。

やっぱり私《わたし》のこと？

本を持つ両手のふるえをおさえて次の行に目をやり、ほっと胸《むね》をなでおろす。

〝先生の机《つくえ》の引き出しを開けるなんてこと。〟

よかった〜。

少なくとも主人公の言う〝こんなこと〟は、自分がしでかしたこととはぜんぜん違《ちが》った。安心して続きを読み進むことにする。

物語は主人公の女の子アンナが、担任《たんにん》の先生の机の引き出しを開けようとするところから始まっていた。引き出しの中には、アンナのクラスの出席簿《しゅっせきぼ》が入っている。先生は毎日、授業《じゅぎょう》が始まる前にそれをおごそかな手つきで開き、児童の名前を読み上げる。そしてまた、丁寧《ていねい》に閉《と》じて机《つくえ》の中に戻《もど》す。そのしぐさがあんまりもったいぶっているせいか、出席簿《しゅっせきぼ》にはこんなうわさがたてられていた。

〝「あの出席簿には、三十九人の名前が書いてあるらしいの。つまりクラスは三十八人でしょ。つまりクラスにはいない人の名前がひとつ書いてあるんだって。でも、うちのクラスは三十八人

教えてくれたのは、クラスメイトのエリカだ。アンナは、「来るはずで来なかった転校生の名前かな」と思ったがエリカが言うには、それは学校にずっと住んでいる妖精《ようせい》のようなものだという。

〝「妖精ですって？」

アンナは目を丸くした。妖精というのは、おとぎ話の世界にいるもので、現実《げんじつ》には存在《そんざい》しないはずだ。〟

読みながら、菜菜子はうなずいた。菜菜子が読む本にも妖精は出てくる。いたずら好きもいるが、中にはピンチを救ってくれるいい妖精も出てくる。こんな妖精ならいてくれればいいのにといつも思うけれど、現実には出てきたためしがない。

今日だって。

菜菜子の胸《むね》はふっとかげりそうになったが、それよりも本の続きが気になった。おもしろそ

うな出だしだ。不思議でわくわくするけれど、ちょっとだけ怖《こわ》くもある。息をのみこむようにして続きを読んだ。

〝エリカはアンナの耳元に口を近づけて、こう続けた。

「それでね。その妖精《ようせい》の名前を知れば、願いがかなうんだって」

願いがかなうと言われてアンナの心はぐらりと揺《ゆ》れた。だって願いならいくらでもある。新しいワンピースも欲《ほ》しいし、テストでいい点数も取りたい。それから、好きな男の子と楽しいおしゃべりもしたい。そんな願いが妖精の名前を知るだけでかなうなんて。けれども、先生の机《つくえ》の引き出しを勝手に開けるなんてこと、していいわけがない。〟

そう。開けちゃだめ。

菜菜子もアンナとおんなじ気持ちになって、小さく頭を振《ふ》った。乱《みだ》れた呼吸《こきゅう》をおさえつつ、ページをめくった。

〝アンナはしばらく机を見つめていた。いや、見つめあっていたと言ったほうがぴったりだ。いつもは何気なく見ている机が、特別なものに見えてきた。まるで机に心があって、いかにも何か言いたげなのだ。

私《わたし》に開けてもらいたがっているのかもしれない。

そう思わずにはいられなかった。〟

アンナは今にも誘惑《ゆうわく》に負けそうだ。

「どうするの？」

菜菜子はひそめた声でたずねて、文字を追う。

〝アンナは誘惑に負けそうになる自分をとがめるように、強く首を振《ふ》った。

だめ。先生の机《つくえ》を開けるなんて。〟

だがどうしても机から目が離《はな》せない。それどころかさらに一歩近づいてしまった。すると机のほうもそれに応《こた》えるようにぴかっと光ったではないか。窓《まど》から差しこむ光の具合かもしれないけれど、菜菜子にもその光が見えたような気がした。

〝アンナはもう我慢《がまん》ができなかった。

「そっと開ければ音もしないわ。そして素早《すばや》く名前を確《たし》かめて、戻《もど》しておけば時間もかからない」〟

アンナはそう自分に言い聞かせ、ついに手をのばしてしまった。

あ、開けちゃだめ。

菜菜子は心の中だけで叫《さけ》んだ。わきの下に汗《あせ》がにじんできた。だって主人公はいけないことをしているのに、机の中に入っているものはあまりにも魅力的《みりょくてき》なのだ。罪悪感《ざいあくかん》と好奇心《こうきしん》が胸《むね》の中であいまって、菜菜子の心はパンクしそうだった。

〝アンナはそっと引き出しに両手をのばした。なるべく音がしないように、少しずつゆっくり手前に引く。

「あっ」〟

けれどもその瞬間《しゅんかん》、小さく声を上げた。机《つくえ》がカタンと音をたてたのだ。

あっ。

菜菜子も胸《むね》の内で小さく叫《さけ》んでしまった。

誰《だれ》かに気づかれたらどうしよう。

菜菜子が心配したようにアンナもあたりを見回した。けれども教室には自分ひとりしかおらず、アンナはほっとする。

「よかった〜」

菜菜子もほっとため息をついた。

もうやめようよ。

菜菜子はページを見ながら思ってしまう。今の音はきっと、「やめなさい」という合図だ。

けれども、アンナはやめなかった。それどころか両手に力を入れたのだ。

菜菜子は自分の手が動いたような気になった。早く中が見たかった。

中が見たい。でも開けちゃだめ。

引《ひ》き裂《さ》かれるような思いで続きを読む。

けれどアンナはなかなか開けなかった。両手を引き出しの底に当てたまま、とらわれたように机《つくえ》を見つめている。やるなら早くやらないと、誰《だれ》かが来てしまうかもしれないのに。

早く開けないと！

ガラガラガラ。

じれったい気分になっていると、ふいに大きな音が聞こえて菜菜子はびくっと背中《せなか》をふるわせた。だが音は、机の引き出しではなく、店のガラス戸が開く音だった。

「はあ～」

ほっとしたような、残念なような気持ちになって菜菜子が顔を上げると、入り口にぼさぼさ頭の男の人が見えた。菜菜子が座《すわ》っているソファからは、書棚《しょだな》の通路の先にちょうど入り口が見える。

「あー、どうも」

ぼさぼさ頭の男の人は、慣《な》れた感じで言って、開けたガラス戸を閉《し》めて、店に入ってきた。

「いらっしゃいませ」

「軽めのミステリーある？」

男の子が声をかけると、男の人はレジに近寄《ちかよ》って、そうたずねた。

「ぎりぎりなんですか？」

すんなりした声でたずね返した男の子に、男の人はレジカウンターにもたれかかるように両腕《りょううで》をついた。

「そうなんだよ。今日の夕方が締《し》め切《き》りなんだけど、どうにも集中できなくて。でも編集者《へんしゅうしゃ》からの電話がかかってくるから避難《ひなん》してきたよ」

そう言いながら、両手で頭を抱《かか》えた。

「売れっ子漫画家《まんがか》は大変ですね」

小学校五年生くらいにしては大人びた発言だけれど、その会話でぼさぼさ頭の男の人が漫画家だということがわかった。

「本当に大変だよ。いったい自分が何者かわからなくなるよ。囲碁《いご》打ち、サッカー選手、天才心臓外科医《しんぞうげかい》、はたまた冒険家《ぼうけんか》……」

漫画家は頭をかきむしった。

「いっぺんに何作も書いているんですね。それは大変です」

「でもここがあるおかげで助かるよ。ここに来て、本を読むと自分を取《と》り戻《もど》せる」

とんとんと、左肩《ひだりかた》を右のこぶしでたたきながら言う漫画家に、男の子は一冊《さつ》の本を差し出した。

「これなんかいいんじゃないでしょうか。軽く読めて、頭がすっきりします」

「おお、そいつはいい。ありがとう」

「では、いつものようにあちらでどうぞ」

男の子は菜菜子の向かい側を指《さ》し示《しめ》した。漫画家《まんがか》はすたすたと歩いてきたが、次の瞬《しゅん》間《かん》、菜菜子は口をあんぐりと開けた。目の前に黒い大きなソファがあったからだ。

こんなのあったっけ？

あったというよりも、とつじょ現《あらわ》れたという感じだ。今まで菜菜子の前には書棚《しょだな》が作った通路があって、その向こうには入り口のガラス戸が見えていた。それがちょっと目を離《はな》したすきに、大きなソファが現れて通路をふさいだのだ。けれども漫画家はあたりまえのようにソファに腰《こし》をおろした。

「よっこいしょ」

そして靴《くつ》を脱《ぬ》いで寝《ね》そべって、かけていた眼鏡《めがね》を頭にのせて本を読みはじめた。が、まもなく眠《ねむ》ってしまった。

気持ちよさそう。

くうくうくう。

寝息をたてる漫画家さんを眺《なが》めていると、

ガラガラガラ。

またガラス戸が開く音がした。

「こんにちは」

今度はかわいらしい声だった。入り口はソファで隠《かく》れて見えなくなってしまったが、やってきたのは女の子らしかった。やがて思ったとおり、レジの前に小さな女の子の後《うし》ろ姿《すがた》が見えた。

え？

その姿に菜菜子は首をひねった。このまま外を歩いてきたのだろうか。女の子はパジャマ姿だった。さくらんぼの柄《がら》のパジャマを着てピンクのねこのぬいぐるみを抱《だ》いている。足元は赤いスリッパ。

「つまらないの」

菜菜子の場所からは、女の子の表情《ひょうじょう》は見えないが、心細そうな声が聞こえた。

「みんな眠《ねむ》っちゃったの？」

レジの男の子は、女の子の顔をのぞきこむようにした。

「そうなの。おんなじ部屋の子はみんな寝《ね》ちゃった。でも私《わたし》はちっとも眠れないんだ」

女の子が困《こま》ったように首を振《ふ》ると、男の子はレジカウンターの中から一冊《さつ》の絵本を取り出した。

「こういうのどうかな。色がきれいで楽しくなると思うよ」

「まあ、すてき」

女の子はさっそく手にとって、

「ミーちゃんに読んであげるわ。ミーちゃんも私《わたし》といっしょで、毎日大変だから。お注射《ちゅうしゃ》は痛《いた》いし、お薬は変な味だしねー」

と、ぬいぐるみをなでた。

入院しているのかな？　外出時間に出てきたんだろうか。

「ぎりぎりまでいていいよ」

「ありがとう」

絵本を受け取った女の子は、お礼を言って、くるりとこちらを振《ふ》り返《かえ》った。赤いほっぺのかわいらしい子だ。

女の子はとことこと菜菜子の前を通《とお》り抜《ぬ》けた。そのゆくえを確《たし》かめて、菜菜子は目を見開いた。つきあたりの本棚《ほんだな》にそって、若葉色《わかばいろ》のカーペットがしかれていたのだ。黄色いクッションもある。さっきまではただの板張《いたば》りの床《ゆか》だったはずなのに。

菜菜子は左右に首をかしげたが、女の子はいそいそとスリッパを脱《ぬ》いだ。そしてクッションに背中《せなか》をもたせかけると、待ちきれないように絵本を広げた。ぬいぐるみのねこにも絵本が見えるようにひざの上にのせてから、女の子は絵本を読みはじめた。ページをめくるたびに目を丸くしたり、声を出して笑ったり。ときどきねこに話しかけているのは、本の内容《ないよう》を教えてあげているらしい。

楽しそう。

不思議を忘《わす》れて、菜菜子もつい笑顔《えがお》になってしまった。と、

ガラガラガラ。

ガラス戸が開いた音がした。またお客さんが来たようだ。

人気の本屋さんなんだ。

菜菜子は感心してしまった。外から見たときは、「やっているのかな」なんて思ったけれど大間違《おおまちが》いだ。つぶれているどころか、とても繁盛《はんじょう》しているらしい。

「ごめんください」

今度のお客さんは女の人だった。菜菜子のお母さんよりも少し若《わか》いようだが、げっそりやつれて見えた。

「やっと子どもたちが寝《ね》たんです」

若いお母さんは、かすれたような声で言いながら、レジに向かった。菜菜子はつい身を乗り出して目で追うと、レジでは男の子がねぎらうような顔で迎《むか》えていた。

「今日もぎりぎりだったんですね。お疲《つか》れさまでした」

「もう本当に。毎日毎日ぎりぎりです。何しろ小さな子どもが三人もいるんです。三歳《さい》、二歳、生まれたばかり。私《わたし》、もう寝《ね》ているんだか起きてるんだかわからないわー」

ギブアップと言うようにカウンターに倒《たお》れこみ、のばした手に、男の子は一冊《さつ》の本をにぎらせた。

「この本なんかどうでしょう。ちょっと不思議な世界ですけど」

「ありがとう。ああ、いっそ私も不思議の世界に行ってしまいたいわ」

若《わか》いお母さんは本を受け取って、よろよろと歩いていった。歩いていった先にあったのはつややかな茶色の立派《りっぱ》なロッキングチェアだった。若いお母さんはロッキングチェアに深く腰《こし》かけた。高い背《せ》もたれに背中を預《あず》けると、椅子《いす》はゆっくり揺《ゆ》れはじめた。若いお母さんは揺れに身を任《まか》せてページを開いた。

ふうん。

菜菜子は心の中でうなずいた。

あんな椅子あったっけ?

とはもう思わなかった。さすがに四回目で慣《な》れてきたのだ。というよりも、この本屋の仕組みがわかったからだった。

ここは、やってきたお客さんが本を手にするたびに、その本を読むための場所が現《あらわ》れる本屋さんなのだ。すごく不思議だけれど、実際《じっさい》にそうなのだから仕方がない。それにこのシステムはとてもいいと思えた。

その証拠《しょうこ》に漫画家《まんがか》さんは気持ちよさそうに眠《ねむ》り、小さな女の子はぬいぐるみのねこと楽しそうだ。若《わか》いお母さんも心からくつろいだような表情《ひょうじょう》になっている。

もちろん菜菜子も。ここに飛びこんできたときの心のもやもやは消えさって、ゆったりとした気分になっていた。本はおもしろく、椅子《いす》はふんわりとやわらかくて、すっかり体になじんでしまっている。まるでこの本と椅子が、菜菜子が来るのをずっと待ってくれていたような気さえする。

それからもお客さんは次々にやってきた。

「営業成績《えいぎょうせいせき》が上がらなくて、今月はぎりぎりなんです」

と言うスーツ姿《すがた》の男の人。

「母親の介護《かいご》で大変。今もお手洗《てあら》いにぎりぎりで間に合ったわ」

エプロンのはしっこで手をふきながら言うおばさん。

「すみません。今月はおこづかいがぎりぎりで、ここで試《ため》し読《よ》みしていいですか」

制服《せいふく》を着た中学生らしき男子……。

「これなんかいかがでしょう。横暴《おうぼう》な社長をぎゃふんと言わせる新人社員の話です」

「このナンセンス小説はおもしろいですよ。つぼに入ったら笑いが止まりません」

「歴史物がお好みでしたよね。それならこの革命《かくめい》物語なんかおすすめです」

そのたびに男の子はそれぞれ本をすすめた。そしてお客さんが本を手にすると店内には、座《ざ》椅子《いす》が出てきたり、マッサージチェアが現《あらわ》れたり、畳《たたみ》がしきつめられたりした。場所はそれぞれだけど、あたりまえのようにそこに座《すわ》って、夢中《むちゅう》で本を読みはじめるのはどの人も同じだった。

お客さんたちと男の子のやりとりを聞きながら、菜菜子にはもうひとつ気がついたことがあった。

ここにやってくる人たちには共通点があるということだ。

「ぎりぎり」。

どの人もみんな「ぎりぎり」状態《じょうたい》のようだった。やってくるのはせっぱつまった人ばかりだ。

そういえば、自分もぎりぎりだったな。

ふと菜菜子は思い出し、また重たい気分に戻《もど》りそうになった。そうならないように、首を振《ふ》り、ひざの本に目を落とす。あんなことなんか思い出したくはなかった。

菜菜子は再《ふたた》び本に集中しようとした。なんといっても物語は最初の山場《やまば》を迎《むか》えている。主人公はいまや、机《つくえ》の引き出しを開けるところなのだ。

〝アンナは引き出しを持った手に力を入れた。カタンとわずかな音がしたが、今度はまるで「開けていいよ」と言っているような音だった。目をつぶって引き出しを引《ひ》っ張《ぱ》る。そっと。息も止めて。〟

さあ、いよいよだ。

が……。菜菜子は次のページを読めなかった。ページをめくろうとしたときに腕時計《うでどけい》が目に入ってしまったからだ。

四時五十分。

時計の針《はり》は、タイムリミットを示《しめ》していた。

行かなくちゃ。

菜菜子は足元のリュックに目を移《うつ》した。そのとたん、心がずどんと重たくなった。リュックの中に入っているものを思い出したのだ。本の主人公が開けようとしている引き出しの中身は楽しみだけれど、自分のリュックの中にはとんでもないものが詰《つ》まっている。

やっぱりここにいよう。

こんなことをしてしまったその先を見たくなかった。

そうだ。本を読んで、いっそ忘《わす》れてしまおう。

菜菜子は逃《に》げるように読書に戻《もど》った。

…………。

だが、やっぱり顔を上げる。どうしても集中できない。ページに書いてある文字は読めるものの、文章としてつながらなかった。心に入ってくる前にばらばらになってしまう。物語の中の風景がまるで見えなくなった。アンナの表情《ひょうじょう》ものっぺらぼうのようになってしまったし、今にも開きそうだった引き出しも固く閉《と》ざされたような気がした。

コチコチコチ。

聞こえるはずもないのに、腕時計《うでどけい》の秒針《びょうしん》が脅《おど》かすように聞こえてきた。実際《じっさい》リュックに入っているものは時限爆弾《じげんばくだん》みたいに恐《おそ》ろしいものだった。

菜菜子は本を閉じた。

やっぱり行こう。

仕方なく立ち上がる。とはいえ、続きは気になるので、本は買うことにした。読書好きの菜菜子のお財布《さいふ》の中には図書カードがいつも入っている。

『ひとつ多い名』を右手に持ち、左手には鉛玉《なまりだま》のように重たいリュックをひきずるようにしてレジに向かった。

「この本をください」

レジに本を出して、リュックを抱《だ》いてひもをほどく。

「ありがとうございます」

リュックの中は、無造作《むぞうさ》に詰《つ》めこまれたテキストでいっぱいだ。菜菜子はそれらをあまり見ないようにして、手だけ突《つ》っこんだ。手探《てさぐ》りでお財布《さいふ》を探《さが》す。けれどもお財布はなかなか見つからなかった。

「あれ？　あれ？」

「ここに荷物を全部出してみたら？」

リュックをかき回していると、見かねたように男の子が言った。

「……そう、ですね」

気は進まなかったが、菜菜子はリュックの中のものをレジカウンターに出すことにした。

国語のテキスト、算数のテキスト、国語のワーク、国語のワーク、算数のテキスト、国語のテキスト……。

「二冊《さつ》ずつあるんだね」

次々と出てくる同じものを見て、男の子が言った。鋭《するど》い指摘《してき》だった。

「………」

答えないでいると、

「ああ、名前が書いてあるね。あれ？」

楽しいことでも発見したかのように、男の子は声を明るくした。

「こっちは菜菜子、こっちは菜子《なこ》だ。菜、がいっぱいだね」

菜菜子。

菜子。

二冊《さつ》ずつあるテキストやワークには、似《に》てはいるけれど違《ちが》う名前が書いてある。紛《まぎ》らわしいのに名字は書かず、持ち物に名前だけを書くのは、二人だけの決めごとだった。こうすると、仲良しの印のような気がしたし、見た人が混乱《こんらん》するのを二人で見るのも楽しかった。この男の子が不思議がっているように。

「きみのはどっち？」

男の子がきょとんとした顔でたずねた。いぶかしがるわけでも、とがめるわけでもない、ただ単に、知りたいと思っただけのような顔だ。

「……。ひとつ多いほうです」

菜菜子は言って、くちびるをかみしめた。

「菜、がひとつ多いほう」

ひとつ多いだけなのにな。

菜菜子は菜子がうらやましかった。名前はよく似《に》ているのに、性格《せいかく》はぜんぜん違《ちが》う。

青空みたいな菜子と比《くら》べて、自分は雨降《あめふ》りみたいな心をしている。名前のひとつ多い、〝な〟は、いくじなしの〝な〟、なき虫の〝な〟、なさけないの〝な〟だ。

「私《わたし》は菜菜子。菜子ちゃんは、……友達です」

菜菜子はしぼり出すように言って、自分の言葉に打ちのめされたようになった。そう、菜菜子と菜子はずっと友達だった。もしかしたら、菜子は今でもそう思ってくれているかもしれない。

でも、このことを知ったらたぶん……。

「私が菜子ちゃんのテキストやワークを隠《かく》しているんです」

どうして二人分持っているのかなんて、男の子から聞かれたわけでもないのに菜菜子は言った。

のんちゃんとやこちゃんから呼《よ》び止《と》められたのは今日の帰り、昇降口《しょうこうぐち》を出たところだった。

「菜菜ちゃん、ちょっと人助けをしてあげてくれないかな」

そう言われて、胸《むね》の底がすっと冷えた。いやな予感は的中した。

「ちょっとこっちに来てくれる？」

二人に連れていかれたのは、体育館の裏側《うらがわ》だった。せまくて湿《しめ》っぽくて息苦しいところ。通りかかる人なんか誰《だれ》もいないけれど、二人は念入りにあたりを確《たし》かめたあと、顔を見合わせてうなずいた。

やこちゃんが手提《てさ》げバッグから菜子ちゃんのテキストとワークを取り出した。塾《じゅく》で使う教材だった。〝菜子〟と名前が書いてある。

のんちゃんとやこちゃん、それから菜子ちゃんは菜菜子と同じ塾に通っていて、今日は授《じゅ》業日《ぎょうび》だった。

「これさ、あの子、机《つくえ》の上に置いたままだったの。忘《わす》れてたみたい」

「たまたま私《わたし》たちが見つけたからよかったけどさ」

「だよね。テキスト忘れて塾に行ったら、困《こま》るよね」

二人は言いあったが信じられる話ではなかった。菜子ちゃんは家が遠いこともあって、学校からそのまま塾に来ることが多い。塾の日にはランドセルのほかに塾用のバッグを持ってくる。二人はその中から勝手に持ってきたのかもしれなかった。学校で菜子ちゃんの教科書を隠《かく》すだけではつまらなくなってしまったのだ。

「だから菜菜ちゃんが持っていってあげてよ」

やこちゃんが言った。

「……え？」

菜菜子がはっと顔を上げると、のんちゃんが少しいらいらしたように言った。

「聞こえなかった？　今、やこちゃんは、菜菜ちゃんにこれを塾《じゅく》に持っていってほしいって言ったんだけど」

聞こえなかったわけではない。断《ことわ》りたかったのだ。「……え？」は聞き返したのではなく、「いや」という意味だった。けれどものんちゃんとやこちゃんには通じなかった。というより聞き入れる気なんかないのだ。

「助けてあげなよ。菜子ちゃんとは友達なんでしょ？」

やこちゃんは試《ため》すように菜菜子の顔をのぞきこんだ。

「あの、私《わたし》、でも、今日はちょっと遅《おく》れるかもしれないから、やこちゃんたちが届《とど》けてあげたほうが……」

しどろもどろに言《い》い訳《わけ》をしようとしたけれど、ぴしゃりとはばまれた。

「私たちもなのよ。塾に行く前に寄《よ》るところがあるから無理なの」

「大事な用事なんだよね」

二人は「ねー」と顔を見合わせたが、それもきっとうそだ。駅ビルに買い物かなんかに行くのだろう。のんちゃんとやこちゃんは、クラスでもおしゃれなタイプで大人っぽいお店もよく知っている。

けれども言い返せなかった。菜菜子はすっかりおじけづいてしまったのだ。学校だけでなく塾《じゅく》でまでいじめを始めようとしている二人の標的は、菜子ちゃんだけではないようだと気がついたからだ。

断《ことわ》ったら、自分がいじめられる。

気づくと同時にはっきり思った。

そんなのいやだ。菜子ちゃんみたいになりたくない。

だから菜菜子はうなずいてしまった。二人の言いなりになるのは、菜子ちゃんを裏切《うらぎ》ることになるとわかっていたのに。

友達なのに。

「友達なんだね」

心の中の声が実際《じっさい》に聞こえて、菜菜子は顔を上げた。言ったのは男の子だった。自分を責《せ》めた言葉を男の子の声で聞いて、菜菜子はびくっと背中《せなか》をふるわせた。けれどもそれでかえって覚悟《かくご》が決まった。

菜菜子はしっかりとうなずいて顔を上げる。

「友達です」

菜子ちゃんとは一年生のころから友達だ。名前が似《に》ているので、菜《な》っぱコンビなんて呼《よ》ばれていた。菜子ちゃんはいつも元気で明るくて、いっしょにいると楽しかった。家は離《はな》れていたけれど、待ち合わせをしてよく遊んだ。ゲームをしたり、絵を描《か》いたり、公園でなわとびをしたり。中でも楽しかったのが二人で本を読むことだった。菜子ちゃんも読書が好きなのだ。同じ本を読んで感想を言いあったり、おもしろい本をすすめあったりした。

菜子ちゃんが教えてくれる本はどれもおもしろかったし、自分が貸《か》した本を気に入ってくれたときは嬉《うれ》しくて、その本がそれまでよりずっと好きになった。この本屋には、いっしょに読んだ本もたくさんあった。

そんなふうに仲がよかった菜子ちゃんが、クラスでいじられはじめたのは五年生になってからだ。三、四年生のころはクラスが別だった菜子ちゃんとまた同じクラスになれて、菜菜子が喜んだのもつかのまのことだった。

別に誰《だれ》でもよかったんだと思う。いじりやいじめは、いつどんなふうに誰に始まるかわからない。予告もないまま、いつでも誰にでも始まってしまう。時間つぶしにするゲームみたいなものだ。

菜子ちゃんは、忘《わす》れものをすることが多くなった。最初こそ先生から注意され、本人も困《こま》ったような顔をしていたが、そのうち平気な顔でいるようになった。忘れたことを先生にも言わず、隣《となり》のクラスに大急ぎで借りに行って、「セーフ」なんてにこにこしていたりした。そんな菜子ちゃんが、菜菜子はうらやましかった。

菜子ちゃんみたいになりたい。

でも。

菜子ちゃんに対するいやがらせはだんだんエスカレートするとともに、菜菜子の気持ちは少しずつ変わっていった。

菜子ちゃんみたいになりたくない。

菜子ちゃんみたいに明るくなりたいけれど、菜子ちゃんみたいに意地悪をされる存在《そんざい》にはなりたくない。

そのうち、なりたくない。という気持ちのほうが強くなった。友達なら助けるべきなのに、見て見ぬふりをした。それどころか、避《さ》けるようになってしまった。こうなると遠回しにいじめているのと同じで、菜菜子はだんだん苦しくなった。

そして今日、とうとうこんなことまでしてしまったのだった。遠回しではなく、いじめの張本人《ちょうほんにん》になってしまった。

菜子ちゃんのテキストを持って、いったん家に帰った菜菜子は、仮病《けびょう》を使って塾《じゅく》を休もうかと思った。どんな顔をして手渡《てわた》せばいいかわからなかったのだ。きっと菜子ちゃんのことだから、菜菜子がテキストを渡せば、

「あ、菜菜子ちゃんが持ってきてくれたんだね。助かったー」

なんて言うかもしれない。でもそれはかえって苦しいような気がする。第一、うそをつくことになる。

菜子ちゃんのテキストだけ家に置いていこうかとも考えた。いっそ忘《わす》れ去《さ》りたかったのだ。テキストの存在《そんざい》も、菜子ちゃんがいじめられているということも。それ以上に自分もその仲間になってしまったことを。

でも忘れたふりをしたって、菜菜子が持っているという事実は変わらない。いつかは菜子ちゃんに届《とど》けなくてはいけない。その前にお母さんにばれたりしたら……。

考えただけでも悲鳴を上げたいような気分になった。

だからやっぱりリュックに菜子ちゃんのテキストも詰《つ》めて歩いてきたのだ。重たい重たい荷物だった。歩くほどに重たくなって、それ以上に心が重たくなって、菜菜子は泣きたくなった。それをぎりぎりのところでこらえてこの本屋に飛びこんだのだった。

菜菜子はカウンターの上のテキストを見つめる。

今ごろ菜子ちゃん、困《こま》っているだろうな。

塾《じゅく》のクラスはひとつしかないので、ほかのクラスの人からは借りることができない。早く行ったほうがいい。

でも。

コチコチコチ。

答えの出ない思いを巡《めぐ》らせているあいだにも、こくこくと時間は進んでいる。

「ぎりぎりでしたね」

ふと男の子の言葉が聞こえてわれに返ると、新しいお客さんが隣《となり》に立っていた。おばあさんだ。

「ああ、危《あぶ》ないところだったわよ。もうこんな時間だもの」

菜菜子は腕時計《うでどけい》を確《たし》かめた。

四時五十五分。

と、突然《とつぜん》ひらめくような気持ちがはじけた。

行こう。

全力で走れば間に合うかもしれない。いや、間に合うように走ろう。

菜菜子は急いでお財布《さいふ》から図書カードを取り出した。精算《せいさん》を待つあいだに急いでテキストを全部リュックに入れる。

「また来ます。今度は友達といっしょに」

残った図書カードを受け取るやいなや、かけ出した。ガラス戸を開けて飛び出す。が、運動会でも出せないくらいのダッシュしかけたとたん、

「おじょうちゃん」

背後《はいご》から声がかかった。振《ふ》り返《かえ》ると、本屋の中からおじいさんが出てきたところだった。手に『ひとつ多い名』を持って、近づいてくる。

「これ、おじょうちゃんの忘《わす》れものかい?」

「あ、そうです。すみません」

せっかく買ったのに忘れてしまうなんて。

菜菜子は慌《あわ》ててかけ戻《もど》り、本を受け取ったが、おじいさんの顔を確《たし》かめて首をかしげた。

こんなおじいさんいたかな?

本を渡《わた》してくれたおじいさんに見覚えがなかった。白い鼻ひげをたくわえて、ベレー帽《ぼう》をおしゃれにかぶっている。今までいた店の中に、こんなおじいさんはいなかったはずだ。

菜菜子が不思議そうな顔をしていたからだろうか、おじいさんも眉根《まゆね》を寄《よ》せて、何やら小声でたずねてきた。

「もしかして、これを売ったのはおじょうちゃんと同じ年頃《としごろ》の男の子だったかな？」

「そうですけど……」

「ああ、やっぱりそうか」

菜菜子がおずおずとうなずくと、おじいさんはなぜか嬉《うれ》しそうに深くうなずいた。

「それで、その男の子は……」

まだ何か聞きたいことがありそうだったが、菜菜子は走り出した。

「ごめんなさい、ぎりぎりなもので」

こうしてはいられないのだ。

菜子ちゃんにテキストを一刻《いっこく》も早く届《とど》けたかった。菜子ちゃんの困《こま》っている時間がちょっとでも短くてすむように。悲しむ時間を少しでも減《へ》らせるように。そのために走っていって、今までのことを全部あやまりたかった。

走りながら、菜菜子は心がすっかりと軽くなっていることに気づく。本が一冊《さつ》増《ふ》えたはずなのに、荷物の重さなんかぜんぜん気にならない。

『ひとつ多い名』はとってもおもしろい本だ。出だしの部分を読んだだけでもそれはわかる。

読んでしまったら、菜子ちゃんに貸《か》してあげよう。

妖精《ようせい》なんて本当にいるのかな？

菜子ちゃんはどう思うかな？
菜菜子は早く菜子ちゃんに会いたくて、いっそうスピードを上げた。

ベストアンサー

菅野雪虫

その日、谷川荒太《たにかわあらた》は苑田《そのだ》ゆいと大槻現《おおつきげん》と、学校からの帰り道を歩いていた。

「荒太、明日《あした》うちに来ない？」

保育園《ほいくえん》からずっといっしょのゆいは、五年生になっても唯一《ゆいいつ》家に遊びに行く女子だ。

「お父さんが深夜版《しんやばん》の『お笑《わら》い料理芸人《りょうりげいにん》バトル』録《と》ってくれたんだ。いっしょに観《み》よ」

「おー、それ観たかったんだ」

荒太の家のテレビは中古で録画機能《ろくがきのう》がない。それにゆいの家は〈ビストロ苑田《そのだ》〉という小さな西洋料理店で、シェフのお父さんがつくる美味《おい》しいパイやキッシュの端《はし》っこがよくおやつに出る。いつもなら迷《まよ》うことなく行くところだ。が、荒太は思い出した。

「あー、おれ明日だめだった。葬式《そうしき》なんだ」

「葬式？」

意外なイベントの予定に、二人がびっくりしたように顔を見合わせた。

「お葬式って、だれの？」

ゆいが聞いた。

「知らない親戚《しんせき》のおじさん」

正確《せいかく》に言えば、母方の遠縁《とおえん》の正道《まさみち》おじさん（享年《きょうねん》六十）で、三、四歳《さい》のころ一回くらいは会ったことがあるらしいが、荒太の記憶《きおく》にはない。

「泊《と》まりがけだから、今日はこれから母さんとお通夜《つや》。四時十分の電車に乗っていく」

「そっか……」

ゆいは残念そうに言った。「それは、そっち優先《ゆうせん》だね」

「大変だな」

現も言った。

「大変つーかさ、葬式《そうしき》ってやだよなー」

「好きな人なんかいないでしょ」

と、ゆいは言ったが、

「いるぜ。一組の南田《みなみだ》」

と、現が口を挟《はさ》んだ。

「あいつ、葬式好きだぜ。新聞やネットで見て、しょっちゅう行ってる」

「マジで？」と、荒太は言った。

「嘘《うそ》でしょ」と、ゆいが聞いた。

「ほんとだよ」と、現はにやりと笑った。

「わざわざ島根県《しまねけん》まで行ったことあるんだってさ。三江線《さんこうせん》とかいうヤツの葬式《そうしき》に」

「さんこうせん？」

ゆいは首をかしげ、荒太は、「あっ」と気づいた。

「おまえ、それ葬式テツじゃねえかよ！」

荒太は現のリュックを蹴《け》ろうとしたが、現はさっと避《よ》けた。勉強だけでなく、運動もわりと得意なのが腹《はら》が立つ。本人は、「相手の行動が予測《よそく》できるだけだ」と言うが。

「ねえ、葬式テツってなに？」

と聞くゆいに、現は説明した。

「死ぬ鉄道、つまり廃線《はいせん》になる鉄道を、見に行くのが好きなヤツだよ」

「ああ」

と、ゆいはうなずいた。

「そう言えば南田君て、電車好きで有名だもんね」

「夏休みの自由研究も、『廃線を歩く』だったしな。渋《しぶ》いぜ南田」

「でも、それほんとのお葬式好きじゃないし」

「だよな」

葬式《そうしき》は嫌《いや》だ。もちろん、好きな人の葬式は悲しい。が、好きじゃないというか、ほとんど他人のような親戚《しんせき》の葬式もまた、苦痛《くつう》でしかない。暗い寺や葬儀場《そうぎじょう》に、むせるほど漂《ただよ》う大量の菊《きく》と線香《せんこう》のにおい、黒い服の群《む》れと湿《しめ》っぽい空気、そしてうっとうしい親戚――。

「また、『大きくなったねえ』とか、どうでもいいこと何回も言われるんだよな」

「『学校どう?』とかね」

ゆいが笑った。

「あるある。『どう?』って聞かれても、どう答えりゃいいんだよ」

「別にすごく楽しくもないし、すごく嫌でもないしね」

二人の会話に、また現が口を挟《はさ》んだ。

「『学校どう?』なんて聞かれたら、『行ってません』って言いたくなるよな」

「……いや、それはない」と、荒太は首をふった。

「……ないよ」と、ゆいもうなずいた。

「そうか? 『行ってません』って言えば、九五パーセントの確率《かくりつ》で黙《だま》るだろ」

「残りの五パーセントで、根ほり葉ほり聞かれるよ」

「それに、そんな嘘《うそ》ついたらお父さんとお母さんに怒《おこ》られるよ」

ふん、と現は鼻で笑った。

「じゃあ、なんて言うんだ？」

「えー、だから『別に』とか……」

「『ふつうです』とかね……」

それ以外ないよと、うなずきあう常識人《じょうしきじん》の二人に、現は言い放った。

「そんな答えじゃ、こっちも向こうもつまんねーだろ？　『まあ、退屈《たいくつ》で、たまに爆弾《ばくだん》でもしかけたくなりますね』とか、エッジの効《き》いたこと言ってやれよ」

「効《き》き過《す》ぎだろ！」

学年一の秀才《しゅうさい》のくせに、コイツはときどき危険思想《きけんしそう》だ、と荒太は思う。

「あ～あ、ああいうときって、どう言えば大人は満足してくれんだろ」

「満足させたいのかよ」

バカにしたような笑い方に、荒太は少しムッとした。

「別に。満足っつーか、それ以上話しかけられたくないからさ」

「あ、わかるわかる。そんなに仲良くない人と話すのって疲《つか》れるもんね」

共感力の高いゆいの言葉に、ささくれ立ちかけた荒太の気分が少し和《やわ》らいだ。

（そうだよ。うまく切《き》り抜《ぬ》けたいんだ。そう思ってなにが悪い？）

もともと親戚《しんせき》の集まりなんてめんどうなうえに、荒太の両親は去年離婚《りこん》したばかりだ。「子どもがいるのに離婚《りこん》するなんて」と、陰《かげ》で言う人もいれば、「父親がいなくて大丈夫《だいじょうぶ》かしら?」と過剰《かじょう》に心配して、やたら「生活はどう?」「困《こま》ってることない?」と聞いてくる人もいる。

(どっちも、めんどうくせえええええええええええええっ!)

だから、荒太は思うのだ。

「なんか、『こう言われたらこう返せばオッケー』みたいな本、あればいいのになあ」

と。

「そういう本、あった気がするな。昔、ちょっと売れたヤツ」

「おまえの昔っていつだよ」

この間、「中国って昔はさ」とか言うので二、三年前かと思ったら、始皇帝《しこうてい》の時代だった。

そう言うと、「焚書坑儒《ふんしょこうじゅ》ほど昔じゃない。つい最近、十年か二十年くらい前だ」と、現は言った。

「十年か二十年の、どこが最近だ」

「でも、それくらいなら図書館にあるかもね。今度行ったとき、探《さが》しといてあげる」

ゆいが言った。本好きで、週に一回は図書館に行くゆいなら期待できそうだ。

「サンキュ。じゃあなー」

「じゃあねー」

三人は三叉路《さんさろ》で別れた。


「ただいまー」

古い市営団地《しえいだんち》の一階の2ＤＫ《ディーケー》に入ると、

「おかえりー」

という母さんの声がした。母さんの「おかえり」を聞くのは久《ひさ》しぶりだ。いつもは夕方までのパートを午前中で切り上げてきた母さんは、居間《いま》で喪服《もふく》にブラシをかけていた。

「あ、おれもそういうの着るの？」

「あんたはいいわよ。そのＴ《ティー》シャツだけ、こっちの地味なのに着替《きが》えて」

「へーい」

懸賞《けんしょう》で当てたエンジェルス17番の真っ赤なＴシャツを灰色《はいいろ》のポロシャツに着替え、荒太はテーブルの上のドーナツに手を伸《の》ばした。

「そうだ。ねえ、あんた電車の中で、時間つぶすものある？」

「時間つぶす？」

「そうよ。葬儀《そうぎ》場《じょう》の最寄《もよ》り駅《えき》まで一時間くらいかかるから」

「あー……、そうか」

うちには一時間も楽しめるようなゲームのソフトはない。母子家庭になってからは緊縮財《きんしゅくざい》政《せい》なので、ここ一年新しいソフトは買ってもらっていないのだ。

(圧倒的《あっとうてき》に父さんの親戚《しんせき》のほうが金持ちだったから、今年のお年玉も壊滅的《かいめつてき》だったしなあ)

母さんの格安《かくやす》スマホにダウンロードしてあるようなアプリもないし、新しい本もマンガもない。もちろん荒太も、自分のスマホなど持っていない。

「なんもないよ。朝言ってくれれば、ゆいか現のヤツに借りてきたのに」

ゆいはどちらかというと正統派《せいとうは》の人気マンガが好きでよく貸《か》してくれるし、現は電子で読むから、ゆいほどは貸してくれないが、たまにマニアックなものを見せてくれる。

「もう五年生なんだから、それくらい自分で考えなさいよ」

ぶつぶつ言いながら、母さんは財布《さいふ》から一枚《まい》のカードを取り出した。

「じゃ、四時までまだ四十分以上あるし、これでひとっ走り好きなの買ってきなさい」

「図書カード?」

「職場《しょくば》の人に、あんたの着られなくなった服あげたら、お礼にってもらったのよ」

「千円分じゃん。やった!」

コミックスなら二冊《さつ》買える、と喜んで受け取った荒太に、母さんはあっさり言った。

「あっ、それ四百三十円分しか残ってないから」

「えっ、なにそのハンパな金額《きんがく》？」

「母さん、この間フィギュア特集の雑誌《ざっし》買っちゃったのよ」

「マジか〜」

荒太のテンションは一気に五七パーセント下がった。が、王子のようなカッコいいスケート選手を見るのは今の母さんの生きがいだ。

（ヘンな宗教《しゅうきょう》に貢《みつ》がれるよりはいい。そう思え、おれ！）

荒太はとりあえずもらった図書カードと自分の財布《さいふ》をポケットに入れた。

「四百三十円分ね。わかった。行ってくる」

と言って、団地《だんち》の自転車置き場に向かった荒太は気づいた。

（あ、そういやスーパーにも雑誌って売ってたよな）

近所の二階建てのスーパーマーケットは一階が食品売り場で、二階が生活用品と文房具《ぶんぼうぐ》と雑誌と、少しだがゲーム機があるキッズコーナーになっていた。そこでは、たまに友達の顔を見かけることもある。

案の定、ゲーム機の前には去年まで同じクラスだった悠司《ゆうじ》と健介《けんすけ》がいた。

「よっ、荒太。珍《めずら》しいな」

健介がゲーム機を動かしながら言った。

「いや、本買おうと思ってさ」

「本?」

と聞かれたので、「図書カードもらったから」と答えると、悠司は言った。

「図書カード? ば～か、スーパーじゃ使えないぜ」

「そうなの?」

「そうだよ。図書カードは本屋じゃないと使えないんだ」

しまった、じゃあ本屋に行かねば、と思ったが、どうしてこういうときに限《かぎ》って、人のやっているゲームはおもしろそうに見えるのだろう? 荒太は「ちょっと、おれも……」と、うっかり貴重《きちょう》な二百円をつぎ込《こ》んでしまい、気がつくと、時計は三時半を過《す》ぎていた。

「あっ、やべっ! おれ、行くわ」

荒太は慌《あわ》ててスーパーを出て、図書カードが使える本屋に向かった。

商店街の外れには、小さな本屋がある。チェーン店ではない、いわゆる「町の本屋」だ。看《かん》板《ばん》の塗料《とりょう》ははげ、『………り書店《しょてん》』という店名が半分も見えず、屋根の黒い瓦《かわら》のすきまからは草が生えている。だが、ガラスの引き戸の向こう側には、よく本を買っているお客の姿《すがた》が見えるから、それなりに人は入っているのだろう。

(スーパーでもコンビニでもネットでも本が買える時代に、よくつぶれないよな〜)

小さなころはときどき、ここで絵本を買ってもらった。仮面《かめん》ライダーや戦隊ものが載《の》ってるテレビ雑誌《ざっし》や、まだ家にある『だるまちゃんとてんぐちゃん』の絵本。今考えてみると、

(だるまちゃんの父さん甘過《あます》ぎるよな)

と思う。だが、荒太はおおきなだるまどんが、息子《むすこ》のために「おまえの欲《ほ》しいものはこれかい?」と、いろいろな種類の「はな」や「はきもの」を並《なら》べてくれるのが好きだった。それは全部まとはずれなのだが、やたら大きくて立派《りっぱ》なものを一つ「どうだ。これだろう」と、勝手に決めて押《お》しつけるのではなく、「だるまはこれが好きかな? いやこれかな?」と、いろいろ考えて集めてくれているところが嬉《うれ》しいのだ。

(ていうか、図鑑《ずかん》みたいでおもしろいし)

だから同じ『だるまちゃん』シリーズでも、たくさん物が並ばないものは荒太にとってはイマイチで、『からすのパンやさん』などのほうが好みだった。

小学校に入ってからは、毎月ぶあついマンガ雑誌を買ってもらっていた。去年、それがなくなってからは、ゆいと現に借りていた。二人のおかげで、それなりにマンガが読めるとはいえ、久々《ひさびさ》に自分の欲しい本が買えるというのは嬉しい。

壁《かべ》の時計の針《はり》は三時四十分。家に帰るのに、急げば五分。五十五分に店を出ればいいから、あと十五分もある。

ぎっしりと棚《たな》に並んだ背表紙《せびょうし》に、荒太はわくわくしてきたが、手に取ったコミックスの裏表紙《うらびょうし》を見て、はっとした。いちばん安いコミックスも、消費税《しょうひぜい》が入ると四百六十三円である。四百三十円では買えないのだ。

（しまった。財布《さいふ》に五円しかない！）

一瞬《いっしゅん》、団地《だんち》に戻《もど》ることも考えたが、もう時計の針《はり》は四十五分を過《す》ぎている。戻ったら間に合わない。

（くそっ。今日はマンガは却下《きゃっか》だ）

コミックスをあきらめ、税込《ぜいこ》み四百三十円で買える雑誌《ざっし》を荒太は探《さが》した。しかし、ちょうど発売日前なのか、おもしろそうな少年マンガ誌はほとんどなかった。

（安い本、安い本……ていうと文庫か？）

荒太はコミックスよりさらに細い背表紙の、文庫本が並《なら》んでいる本棚に目を移《うつ》した。

時代小説にミステリー、恋愛《れんあい》小説にエッセイ集……。当たり前だが大人向けばかりで、ふだん本をあまり読まない荒太の読みたいようなものはない。

（しかも、文庫本もけっこう高いじゃん。うー、ないなあ）

時計の針は、五十分を過ぎた。あと五分もない。とにかく安い本、安い本……と薄《うす》い背表紙だけを探した荒太の目に、『人生《じんせい》のベストアンサー』という文字が飛び込んできた。

(人生の……ベストアンサー?)

「ベスト」はたしか、最高という意味だ。ベスト1《ワン》とかベスト3《スリー》とか、「ベストをつくせ」というように、よく使われる。でも、「アンサー」ってなんだっけ?

(クイズ番組で、「ファイナルアンサー?」って聞かれるのあったよな。それが最後の答えですね、変えられませんよ? みたいに。そうだ、「答え」って意味だ。ベストアンサー……「最高の答え」か)

色があせ、破《やぶ》れかけた帯には、『こんなとき、なんて言う? あなたのピンチを助ける神の返答!』と書いてあった。

(あれ、これって……?)

現の言っていた本じゃないか、と荒太は思った。そしてぱらぱらとめくると、目次に「法事《ほうじ》で親しくない親戚《しんせき》に話しかけられたら」という文字が見えた。

荒太は背表紙《せびょうし》を見た。四百円プラス税《ぜい》で四百三十二円也《なり》。

(五円足して、買える!)

人生で初めて買う文庫本を決めて、レジに向かおうとした荒太の足が止まった。入ってくるときには気づかなかったが、出口のすぐ近くにあるレジには、自分と同じくらいに見える少年が座《すわ》っていたのだ。

（店員が子ども？）

荒太の視線《しせん》に気づいたのか、レジに座っている少年がじっとこっちを見た。

（な、なんだよ？）

白いT《ティー》シャツにエプロン姿《すがた》の少年はにっこり笑った。

「ぎりぎりだったね」

大人っぽいようで、人懐《ひとなつ》こいような、不思議な笑顔《えがお》だった。

「それ、オススメだよ。すごく役に立つかどうかは怪《あや》しいけどね」

「はあ？」

「だって本は減災《げんさい》だから」

「げんさい？」

「減は減塩や減量の減、つまり減《へ》らす。災は災害や震災《しんさい》、つまり災《わざわ》い。減災っていうのは、『災いを減らす』って意味だよ」

「災いを……減らす？」

「そう。本は『災いを減らす』ことはできる。でも防災《ぼうさい》にはならない。『災いを防《ふせ》ぐ』なんてことはできない」

荒太はぽかんとした。

（なに言ってるんだコイツ？）

少年がまた、にっこり笑った。

「もう、時間がないよ」

「えっ？」

「三時五十五分だ。ぎりぎりだね」

荒太は慌《あわ》ててポケットから図書カードと財布《さいふ》の中にあった五円玉を出した。少年は、慣《な》れた手つきでカードを読み取り機に通し、手早く文庫本にカバーをつけた。

「三円のお返しになります。ありがとうございました」

と言う少年から本とカードとおつりを受け取り、荒太は急いで本屋を出た。そして自転車をこぎながら、

「あれっ？」

と思った。なぜ自分が乗る列車の時間が、少年にわかったのだろう。

（おれ、言ったっけ？　いや、言ってないよな、そんな個人情報《こじんじょうほう》）

荒太は首をかしげながら、団地《だんち》の自転車置き場に自転車を止めた。共同の郵便《ゆうびん》受けのところ

では、もう喪服《もふく》に着替《きが》えた母さんが、ボストンバッグと荒太のリュックを持って待っていた。

「ぎりぎりね。もう行くわよ」

「うん」

母さんが着替えを入れておいてくれたリュックに『人生のベストアンサー』を詰《つ》め込《こ》み、荒太は小走りで駅へと向かった。


社会人や学生の帰宅《きたく》ラッシュより少し早い時間の、下り電車はすいていた。

荒太たちの住む町から、となりの県に向かって走る電車は、一駅過《す》ぎるごとに窓《まど》の向こうの家が減《へ》ってゆき、畑と田んぼが増《ふ》えてくる。働きづめの母さんは、日ごろの疲《つか》れが出たのか、ボストンバッグをひざにのせながらうたた寝《ね》し始《はじ》め、荒太はリュックの中から買ったばかりの本を取り出した。

（文庫本って、字、小《ち》っちぇ〜）

『人生のベストアンサー』は、作者の体験談と、知り合いから聞いた話や有名な本からの引用が取《と》り混《ま》ぜて書いてある。それはたとえばこんなふうだった。


〝少し前の話ですが、銀行員は、お得意様に赤ちゃんが生まれて見せられ、男か女かわからな

い場合は、

『かわいいお嬢《じょう》さんですね』

と言ったそうです。するとほんとうに女の子だったときだけでなく、男の子だった場合でも、

『いやあ、あんまりかわいいから女の子かと思いました』

と言われて、悪い気になる親はいないからだそうです。〟


ふ～ん、と荒太は思った。

（親って、そんなに子どものこと『かわいい』って言われて嬉《うれ》しいのかな）

荒太は、眠《ねむ》る母さんの横顔を、ちらっと見た。

こんな話も載《の》っていた。


〝これはパーティーなどでお客様に飲み物を出すコンパニオンから聞いた話ですが、彼女《かのじょ》たちは、『野球と政治《せいじ》と宗 教《しゅうきょう》の話はするな』と言われているそうです。

お客様それぞれに応援《おうえん》しているチームや、支持《しじ》している政党《せいとう》、信仰《しんこう》している宗教があるので、うっかりどこかを非難《ひなん》するようなことがあると失礼にあたりますし、お客様同士のトラブ

ルを招《まね》くことがあるからだそうです。

『でも、プロ野球や高校野球が盛《も》り上《あ》がっているシーズンだと、お客様のほうから話題にする人も多いです。選挙のときも同じですし、まったく話さないですむのは宗教くらいで、難《むずか》しいですね』

と、話していました。

たとえばスポーツなら、記録の話をすればいい、と言う知人もいます。だれが強いといった話ではなく、『○○の最高記録を持っているのは――』といったように話すと、どこかのチームや選手を応援《おうえん》しているわけではないけれど、そのスポーツをよく知っていますよ、というアピールになるからです。

そんな彼《かれ》の愛読書は、『ギネスブック』だそうです。〟

やっぱり大人向けのビジネストークといった話が多かったが、それなりに面白《おもしろ》く読んでいるうちに、気がつくと、もう三駅過《す》ぎていた。

（おっと、余計《よけい》なことばっかり読んでた）

荒太はあらためて目次を見て、「親しくない親戚《しんせき》に話しかけられたら」というページを探《さが》した。

〝自分（あるいは妻《つま》や夫）の法事などで、話しかけられて困《こま》ったことはありませんか？

私《わたし》はあります。どんなつまらない話や、笑えない冗談《じょうだん》でも、無視《むし》すれば相手が気を悪くしてしまうでしょう。友達ならツッコミを入れることができますし、まったくの他人なら怒《おこ》らせてもそのとき限《かぎ》りです。

しかし、親戚《しんせき》というものは、次にまた会う機会が、ほぼあるわけです。自分はその人との関係が悪くなってもいいと思っても、

『なんだあいつは』

と、自分の妻《つま》や夫や子どもたちが責《せ》められるのはキツイものです。〟


（よくわかってんなあ、この人）

荒太は思った。そうだ、自分はいいのだ。なんなら『まんが日本《にっぽん》の歴史《れきし》』で読んだ織田信長《おだのぶなが》のように、位牌《いはい》に焼香《しょうこう》の灰《はい》をぶちまけて、親戚中から「うつけ者！」と、ヒンシュクをかってもいい。でもほんとうにそんなことをして、母さんが「どんな育て方をしてるんだ」とか「やっぱり男親がいないから」なんて言われるのは嫌《いや》だった。だから、

「満足させたいのかよ」

と、現に笑われても、うまく切《き》り抜《ぬ》けたいのだ――。

〝それでは、どんな答えがベストアンサーなのでしょうか？
これはとある若手《わかて》のお笑い芸人が、大御所《おおごしょ》の機嫌《きげん》を損《そこ》ねないよう工夫《くふう》して編み出したとい
う、返答が参考になります。
その芸人は、バラエティー番組で自分より年齢《ねんれい》もキャリアも上の芸能人《げいのうじん》がつまらないギャグ
を言ったときに、こう言うそうです。
『○○さん、ご機嫌《きげん》ですね』
そう拾う（受け取っておもしろく話を広げる、あるいはオチをつける）ことによって、雰囲気《ふんいき》を壊《こわ》
さず、多少の笑いも起こり、大御所《おおごしょ》の機嫌も損《そこ》ねずにすむそうです。〟

なるほど、と荒太は感心した。
バラエティー番組は、そんなに観《み》るほうではないが、たまに「なんでこの人出てるんだろ
う？」と思うような、年寄《としよ》りの芸能人《げいのうじん》が出ていることがある。
まだ芸人なら、お笑いの人たちが、「うわー、○○師匠《ししょう》のそのギャグ懐《なつ》かしい！」とか「生《ナマ》
○○。嬉《うれ》しい」とか盛《も》り上《あ》げて、痛々《いたいた》しさを「ありがたさ」に見せることもできる。しかし、

役者や歌手の人の場合、そんな手も使えない。

〝その点「ご機嫌ですね」は、本人には「楽しんでいただけてますね?」と気をつかっていることになるし、ほかの人には「この人、自分のことだけしか考えてないですよね」と同意を求めたうえで、「ふり回されてる私《わたし》を笑ってください」ということになるのです。〟

「よし、使えるな」

荒太のつぶやきに、「ん?」と、母さんが目を覚ました。

「今、どこ駅?」

「さっき、檑原《じさばら》って駅だったよ」

「あら、一個《こ》前だわ。起きてよかった」

と言いながら、母さんは喪服《もふく》のスカートについたシワを伸《の》ばした。

電車は終点から一つ前の小さな駅についた。

駅舎《えきしゃ》を出ると、四方はうっそうとした山だった。荒太はなんだか、いきなり山奥《やまおく》に来た気分になった。

「この辺て、昔は狐《きつね》とか狸《たぬき》が出たのよねえ」

お母さんが言った。

「見たの？」

「ううん。お母さんが小さいころは、もうそんなにいなかったわ。でも、もっと向こうの山奥にはいたみたい」

お母さんはそう言って、いちばん緑の濃《こ》い、山に山が重なっているようなところを指さした。

（なんか、ちょっと電車に乗ってきただけなのに、すげー田舎《いなか》に来たような気がするなあ）

荒太がそう思っていると、「こうして見ると、けっこう田舎よね」と、母さんも言った。

「昔はそう思わなかったの？」

「大昔に一度来たきりなのよ。本家《ほんけ》には」

「本家？」

なんだその時代劇《じだいげき》みたいな言い方は、と思った。

「母さんの父さん、つまり亡《な》くなったお祖父《じい》ちゃんの家は分家なの。だから本家のほうには、あんまり呼《よ》ばれなかったのよね。とくに、正道おじさんが勝手するようになってからはね」

「勝手？」

「家のお金で、いろいろ商売して失敗して……そんなとこよ」

「へー」

そんな朝ドラに出てくるような「親戚《しんせき》のヘンなおじさん」、ほんとにいたんだ、と思った。

「おれ、そのおじさんに会ったことあるんだよね？」

「あるわよ。あんたが学校に入る前に一回だけ、家にふらっと来て、近所の本屋に連れてってくれて、本買ってくれたわよ」

「そうだった？」

「仮面《かめん》ライダーの図鑑《ずかん》みたいなヤツ。けっこう高いのポンと買ってくれたわ」

荒太は、なんとなくその本のことを覚えているような気がした。初代1号から、そのとき放送していたものまで、全部のライダーと怪人《かいじん》が載《の》っている、ぶあつい電話帳のような本だった。荒太はその本が大好きだったが、小学校に入ると、父さんが「もう、こんな赤ちゃんの本いらないだろう」と言って、捨《す》ててしまった。「赤ちゃんの本」というのは、カタカナの「ライダー」に「らいだー」と読《よ》み仮名《がな》がふってあったからだ。

「でも、景気いいのかと思ったら、そのときもほんとは借金取りに追われてたのよね」

「……だめじゃん」

田んぼ道を歩いてゆくと、昭和《しょうわ》の建物に平成《へいせい》を継《つ》ぎ足《た》したような家が見えてきた。古い母《おも》屋《や》のほうは黒ずんだ柱と壁《かべ》に灰色《はいいろ》の瓦屋根《かわらやね》が重々しく、建《た》て増《ま》しされたほうは洋風な白壁《しらかべ》だったが、近くで見るとそれもカビや黒ずみや蜘蛛《くも》の巣《す》で汚《よご》れていた。

その家の前の、コンビニの駐車場《ちゅうしゃじょう》のように広い庭には、何台も車が並《なら》び、黒い服の人たちが歩き回ったり、立ち話したりしていた。

「昔は羽振《はぶ》りよかったけどねえ」

「財産《ざいさん》はみんな正道が食《く》い尽《つ》くしちまったんだな」

そんな声が聞こえてくる。

ある時期、金持ちだったがそうでなくなった家だというのは、小学生の荒太にも、なんとなくわかった。古い和風の母屋のほうも、新しく継ぎ足した洋風の家も、飾《かざ》りが多くて、彫刻《ちょうこく》のような屋根や窓枠《まどわく》がごてごてしている。そして、そこにゴミやほこりが溜《た》まり、先端《せんたん》が欠けたりしていたが、それは掃除《そうじ》も修理《しゅうり》もされていなかった。

（立派《りっぱ》な飾りのある家って、手入れしないと、飾りのない家より汚《きたな》くなるんだな）

ほどなくお通夜《つや》が始まった。思ったほど、悲しくないお通夜だった。

そして通夜が終わって、大広間のような和室で夕食をとったときも、覚悟《かくご》していたほど、荒太は大人にからまれなかった。というのも、亡《な》くなったおじさんのエピソードが多過《おおす》ぎたからだ。大学受験に三度も失敗し、結局、専門学校《せんもんがっこう》に入ったが、それも中退《ちゅうたい》して家出し、親を勝手に保証人《ほしょうにん》にして借金をつくり、商売に失敗し、自己破産《じこはさん》した——そんな人だったのだ。

（なんだ。あんな本、買わなくてもよかったかな）

と、荒太は思った。


しかし、天災《てんさい》は忘《わす》れたころにやってくる。

翌日《よくじつ》、お葬式《そうしき》もつつがなく終わり、昼食をとっている席で、ついにその時は訪《おとず》れた。

「うおー、荒太君。大きくなったねえ」

髪《かみ》が薄《うす》く、太って顔は赤く酒焼《さかや》けした七十歳《さい》くらいのお爺《じい》さんが声をかけてきた。

「だれ？」

と、荒太はとなりにいた母さんに聞いたが、「母さんの父さんの従弟《いとこ》で……」と、遠過《とおす》ぎてよくわからなかった。その人は、

「いやー、前はこんなに小さかったのになあ」

と、ありえないほど床《ゆか》に近いところに手を置き、酒とタバコのまじった息を吹《ふ》きかけてきた。荒太は、タバコの煙《けむり》がそれほど苦手ではないが、それでもむせた。

（この人ぜったい、「受動喫煙《じゅどうきつえん》」とか、セクハラとかモラハラとかって言葉知らないな）

そう荒太が思っていると、お爺《じい》さんは前を通りかかった女の人に、

「よっ、サワちゃん」

と声をかけた。髪《かみ》を黒いシニョンでまとめた、三十歳《さい》くらいの女の人はふり返り、「このたびは……」と、頭を下げた。

「あんたんとこ、子どももまだか。女は子ども産んで一人前だぞ」

女の人の顔色が変わった。

（あ、ヤバイ）

小学生の荒太でも、それは今どきアウトだとわかる言い方だった。女の人は固まっていたが、言った当人はまるで気にせず、新しく酒を注《つ》いで飲んでいた。すると女の人が言った。

「一千万、出してもらえます？」

「えっ？」

お爺《じい》さんと荒太が同時に言った。

「不妊治療《ふにんちりょう》、それくらいかかるんです」

荒太とお爺さんがぽか〜んとしていると、女の人はさっさと歩いて部屋を出ていった。周りの人たちは気づいていなかったが、荒太は、とばっちりをくらったような気がして、最悪な気分だった。

「はっはっは、なに言ってるんだろうなあ」

お爺《じい》さんが豪快《ごうかい》に笑った。あれだけ冷たい視線《しせん》と強い言葉をくらったのに、

(なにも感じないんだ。酒マジック、ハンパねえな)

と思った。

「しかし大きくなったなあ。中学入ったら二メーターだな」

肩《かた》を叩《たた》きながらげらげらと笑う酔《よ》っ払《ぱら》いを見ながら、

(今かな)

と、荒太は思った。

「ご機嫌《きげん》ですね」

「はあ?」

しばしの沈黙《ちんもく》があった。そして突然《とつぜん》、お爺《じい》さんは湯呑《ゆのみ》を膳《ぜん》に叩《たた》きつけるように置いた。

「葬式《そうしき》で、ご機嫌なわけないだろ!」

「は……?」

今度は荒太が、ぽかんとする番だった。荒太の手を、お母さんがぐいっと引《ひ》っ張《ぱ》った。

「あんた、ちょっと外出てなさい」

小さな声で耳打ちされ、荒太は「えっ?」と聞き返したが、

「いいから!」

と、有無《うむ》を言《い》わせぬ強い口調だった。荒太は立ち上がって部屋の外へ出た。戸口でふり返ると、「さっさと行け」と言うように、母さんが、しっしと手をふっていた。

（なんなんだよ）

びっしりと黒い靴《くつ》の並《なら》んだ玄関《げんかん》のすみっこに押《お》しやられていた青いスニーカーをはき、荒太は外へ出た。もうほかの大人に会うのも嫌《いや》なので、裏口《うらぐち》に回ると、そこはうっそうとした竹林だった。ペットボトルのような太い竹が何十本も、風に揺《ゆ》れていた。

「あー、びっくりしたー」

荒太はため息をついた。まさか、ほんとうにご機嫌《きげん》に見えたお爺《じい》さんが、急に怒《おこ》り出《だ》すとは思わなかった。人を不機嫌にさせるようなことを平気で口にする人が、自分を不機嫌にする言葉には、あんなに強く反応《はんのう》するんだな、と思った。

「こんな本、ぜんぜん役に立たないじゃないかよ」

風に吹《ふ》かれた竹が、大きくうなずくように揺《ゆ》れた。地面が見えないほど、こんもりと積もった白い竹の葉がさらさらと舞《ま》い上《あ》がる。

荒太は、足元に積もった竹の葉を蹴《け》った。時代劇《じだいげき》に出てきそうな竹林は、そのまま裏手《うらて》の山につながり、奥《おく》が見えない。向こうから、竹を切りながら武士《ぶし》や忍者《にんじゃ》がやってきても、不思議じゃないと思った。

「いいじゃないね、『ご機嫌』だって」

急に女の人の声がした。どきっとしてふり向くと、髪《かみ》の長い若《わか》い人が立っていた。さっき「サワちゃん」と呼《よ》ばれた女の人かな、と思ったが、髪型《かみがた》がちがうので、よくわからなかった。喪服《もふく》の女の人は、みんな同じように見える。

「せっかく、たまにしか会わない人たちが集まるんだから」

「………」

「食べる?」

女の人が、手の上で黒いハンカチを開いた。黒いレースのふちどりがあるハンカチの上には、赤い宝石《ほうせき》のような木の実が、十粒《つぶ》くらい転がっていた。

「なにこれ?」

「りっさ」

と言いながら、女の人は一粒つまんで口に入れた。荒太も一粒もらった。りっさ(ゆすらうめ)の実はすっぱくて美味《おい》しかった。

「これ、あの人とよく食べたの」

「あの人って?」

女の人は、母屋《おもや》のほうを指さした。

「……正道おじさん？」

「そう」

女の人は、竹の葉の上に種をぷっと吐《は》き出《だ》した。荒太も真似《まね》した。

「おばさん、おじさんの友達？」

「友達じゃないわね」

「じゃあ、なに？」

「妻《つま》」

「えっ！」

六十歳《さい》のおじさんが、こんなに若《わか》い人と結婚《けっこん》してたのか……と思いかけて、荒太は気づいた。

「ちょっと待てよ。奥《おく》さんなら、なんで喪主《もしゅ》やってないんだよ」

荒太がそう指摘《してき》すると、「あら、賢《かしこ》い。よく気がついたわね」と、女の人は笑った。

「じゃあ、なに？」

「ちょっとワケアリなの」

「ああ……」

荒太は推理《すいり》した。

「ようするに、元妻《もとつま》?」

母さんと同じで、離婚《りこん》したのだと思った。そんなの今どき、もったいつけて言うほど特別なことじゃない。しかし、女の人は首をふって、「あたしはね」と言った。

「あの人が子どものころ、あたしが雪の中で罠《わな》にかかっちゃったところを助けてもらったの」

鶴《つる》か。

「嘘《うそ》だ」

と言うと、

「そう、嘘」

と認《みと》めた。

「ほんとは手袋《てぶくろ》を買いに来て、間違《まちが》って狐《きつね》の手を出しちゃったけど、売ってもらったの」

「それ、『手袋《てぶくろ》を買《か》いに』じゃん」

「あら、知ってた?」

「教科書に載《の》ってる」

女の人は笑った。

(この人、ふざけてんな。葬式《そうしき》なのに)

そういう自分も、葬式なのにふざけた人間だと思われたんだろうか、と荒太はげんなりし

た。もう行こう、と背《せ》を向けた荒太の後ろから、

「あら、その本……」

という声がした。ふり向くと、女の人が荒太の後ろポケットにねじ込《こ》んでおいた『人生のベストアンサー』を、嬉《うれ》しそうに指さしていた。

「あの人の好きだった本だわ」

「えっ、これ？」

「ちょっと、見せてもらっていい？」

荒太はうなずき、『人生のベストアンサー』を手渡《てわた》した。

ぱらぱらと本をめくった女の人は、「懐《なつ》かしい……あの人、よく読んでた」と、つぶやいた。

「そうなの？」

「そうよ。人づきあいがヘタだったから」

人づきあいのヘタな人が、商売やったり会社興《おこ》したりしたら最悪じゃないか、と思った。

「ふつうの人が、当たり前にできることができないって、いつも言ってた。子どものころから、『おまえはどうして人と同じことができないんだ』『余計《よけい》なことばっかりするんだ』って怒《おこ》られてたって」

「でも、こんな本読んだって……」

「気休めよね」

女の人は、うなずいた。

「ただ、安心してたみたい。こういう本があるってことは、自分と似《に》た悩《なや》みを持った人が世の中にいるんだって、自分と同じように『ふつうわかるだろ』って言われても、その『ふつう』がわからない人間がいるんだって思えるから」

「………………」

じっとうつむいて本を見ていた女の人が、ふいに言った。

「ねえ、この本もらっていい？」

「えっ、いや、ちょっと買ったばっかりだし、それは……」

「じゃあ、これでどう？」

女の人は財布《さいふ》から緑の薄《うす》いものを取り出し、荒太に握《にぎ》らせた。

「どうって……」

と言いながら開いた荒太の手には、緑の柿《かき》の葉が一枚《まい》のっていた。

「木の葉かよ！」

「あ、間違《まちが》えた。こっちだったわ」

あらためて緑のふちのピーターラビットの絵がついた図書カードを見せ、女の人は言った。

「千円分、きっちり入ってるわ」

「……ん」

荒太は人生で初めて、自分の持っていた本を人に売った。

「ありがとう」

女の人はそう言って、文庫本にキスした。ドラマ以外で、そんなことをしてサマになる人を、初めて見た。

「じゃあね、荒太君」

そう言うと、女の人は竹林の中に、ざっざっと歩いていった。

「そっち？」

この奥《おく》にも道があったのか、と思って荒太は後を追った。しかし、入り口こそタケノコ採《と》りの人でも入るのか、踏《ふ》みしめられた跡《あと》のあった竹林は、すぐに密集《みっしゅう》した竹と笹《ささ》の茂《しげ》みになり、それ以上進むことはできなかった。

（あれ？　あれれ？）

竹林から出ても、女の人の姿《すがた》はなかった。

表の庭にもいなかった。呆然《ぼうぜん》とする荒太の耳に、

「荒太ー！」

と、玄関《げんかん》のほうから母さんの呼《よ》ぶ声が聞こえた。走っていくと、母さんは荒太に、「はい」とリュックを渡《わた》し、こう言った。

「本家の人が、『思ったより長引いたから、あんたたちは電車もあるし、火葬《かそう》までつきあうことない。もういい』って」

「じゃあ、帰っていいの？」

「そうよ。もう、母さんが挨拶《あいさつ》も済《す》ませたから」

二人で庭にいた人にのみ軽く挨拶し、一日前に来た田んぼの中の道を駅まで歩いた。歩き始めてしばらく母さんは無言だったので、荒太は思い切って聞いた。

「母さん、おれのことで、なんか言われた？」

「言われたわよ」

「……ごめん」

母さんは立ち止まった。荒太が恐《おそ》る恐《おそ》るその顔を見ると、少し笑ったような、仕方ないなという顔をしていた。

「『ご機嫌《きげん》ですね』じゃないわよ」

「…………」

「でも、『荒太君のこと怒《おこ》んないで』って、サワさんに言われたわ」

母さんはまた歩き始めた。

「えっ、なんで?」

母さんによると、サワさんというあの三十歳《さい》くらいの人は、あのお爺《じい》さんに独身《どくしん》のころは『結婚《けっこん》しろ』と、したらしたで『子どもはまだか』と、しつこく言われていたのだという。

「だから、『あの人にからまれたら、皮肉の一つも言いたくなりますよ』だって」

別に皮肉じゃなく、ベストアンサーのつもりだったんだけど、と言おうとしてやめた。どっちみち失敗だったことに変わりはない。

「まったく『ご機嫌《きげん》ですね』はないでしょ」

「すいま……せん」

「『ご機嫌ですね』って……」

と言いながら、母さんは急に笑い出した。

「不謹慎《ふきんしん》よ。いくら、おじさんが亡《な》くなって、ほっとしてる人がいてもね」

「ほっとしてる?」

「死んだらもう、問題起こせないでしょ。本家《ほんけ》の人たち、ちょっとほっとしてる人もいたみたいだったわ」

どんだけ迷惑《めいわく》かけてたんだ、と荒太は思った。そして、

（やっぱり、おれが竹林の前で会ったのはサワさんじゃない。とすると、だれなんだろう？）

と気になった。

「ねえ、母さん、おじさんて結婚《けっこん》してなかったんだよね？」

「そうよ。それなりにモテたらしいけど」

「じゃあ、あの人、おじさんのなんだったんだろ？」

「えっ、どの人？」

「黒い服の人」

「みんな黒い服よ」

「髪《かみ》が長くて」

「そんなの十人くらいいたわよ」

「わりと……」

きれいな、と言おうとしてなんとなくやめた。

「若《わか》い人」

「サワさんより？」

「あの人、そんなに若くないじゃん」

「失礼ねえ。今日来てた人たちの中じゃ、いちばん若いのよ」

荒太は首をひねった。あの女の人は、どう見てもサワさんより若かった。

(でも、おじさんとよく遊んでたって……それに子どものころから、『おまえはどうして人と同じことができないんだ』『余計《よけい》なことばっかりするんだ』って怒《おこ》られてたって——なんで、そんなこと知ってたんだろう？　おじさんが子どものころなんて、あの女の人は生まれてないはずなのに……)

いくら考えてもわからなかったので、その件《けん》について、荒太は考えることをやめた。


次の日、学校から帰った荒太は、図書カードを持って本屋へ行った。

「いらっしゃい」

レジには、またあの男の子が座《すわ》っていた。

「……あの本さあ」

「役に立ったかな？」

「立たなかったよ」

「だろうね」

「はあ？」

くっくっく、と笑う少年に、荒太は言った。

「おまえな。消火器売っといて、『火は消えたかな?』『消えなかったよ』『だろうね』で通るかよ」

少年は、さらに大声で笑った。

「不良品売ったら、詐欺《さぎ》じゃねえかよ」

「なるほど」

「なるほどって!」

「でも、本は消火器じゃない」

急に、少年は真顔で言った。

「知ってるよ。本は本だ」

「そう。本は本だ。実用品だけど、実用品じゃない。だから役に立つ本だけが、いい本じゃないんだ。役に立つ人間だけが、いい人間じゃないようにね」

「はあ?」

なに言ってんだコイツ、と荒太は思った。

「さて、今日のご用件《ようけん》は?」

荒太はポケットから図書カードを出した。

「書いてあったことは役に立たなかったけど、売れた」

少年はにっこり笑った。

「よかったね。これで、きみは新しい減災《げんさい》を手に入れる」

「減災？　ああ……」

「そう。本の別名。生きていれば、災《わざわ》いを防《ふせ》ぐことはできないんだよ。病老苦死《びょうろうくし》じゃないけどね。一国の王だって首相《しゅしょう》だって、だれも逃《のが》れることはできない。でも、先に知っておけば、いくらかは備《そな》えることもできる。備えておけば、減《へ》らすことはできるんだ」

わかるような、わからないような言い方だった。

「ふーん。で、なんか、オススメのいい本ある？」

「いい本なんてないよ」

「本屋が言うか」

「だれにでもいい本なんてない。そんなもの人によってちがうし、同じ人だって、そのときによってちがう。それが必要な人には、それはいい本だよ」

少年の言うことは正しいのかもしれないが、荒太にとって、今欲《ほ》しいアドバイスではなかった。

「あのさ、もうちょっと選ぶ、てか探《さが》すのに役立つこと言ってくんない？　本て、世の中にめちゃくちゃあるじゃん。その中から『必要な本』の探し方を知りたいんだよ」

「そりゃそうだね。でもきみは、七十六億の零歳《れいさい》から百歳までの人類全部から、生涯《しょうがい》の友でも探すつもりかい？」

「なわけないだろ」

まず、今のところ言葉の通じない人間は論外《ろんがい》だし、赤ちゃんや幼児《ようじ》や年寄《としよ》りもパスだ、と荒太は思った。

「そうだろ。言葉の通じる範囲《はんい》で、読んでわかる文章で、そのとき興味《きょうみ》を持ったことが書いてある本を読めばいいのさ」

「…………」

「とりあえず、自分で手に取って探《さが》してごらんよ」

少年はそう言って立ち上がり、大きな翼《つばさ》を広げるように、両手で本棚《ほんだな》を示《しめ》した。

「…………」

荒太は、ぶらぶらとその本棚のほうに歩いていった。

さまざまな背表紙《せびょうし》を見ているうちに、高い棚の角にある一冊《さつ》の本のタイトルが目に入った。『雨《あめ》にも負《ま》けて風《かぜ》にも負《ま》けて』。作者は西村《にしむら》ナントカという、読めない字の名前だった。

（なんだこりゃ）

荒太は脚立《きゃたつ》に上り、背伸《せの》びしてその本を手に取った。

ラッキーな菜《な》子《こ》

濱野京子

商店街の外れまで歩いてきた柳井菜子《やないなこ》は、細いわき道に入ると、

「ここかな」

とつぶやいた。目の前には、こぢんまりとした一軒家《いっけんや》が建っていた。古ぼけた平屋で、黒い瓦《かわら》屋根《やね》の店だ。ガラスのドアの向こうには、ぎっしり本のつまった本棚《ほんだな》が見えるから、確《たし》かに本屋さんみたいだ。

本当に、こんなところに本屋さんがあったなんて。

菜子の知ってる本屋さんといえば、もっと明るい感じで、外に雑誌《ざっし》を並《なら》べたラックなんかがある。でも、ここはまったく様子がちがっている。もしも、本屋があることを知らなければ、気がつかずに通《とお》り過《す》ぎてしまっただろう。

ここに本屋さんがあることを教えてくれたのは、同級生の秋吉菜菜子《あきよしななこ》だ。菜菜子と菜子で、名前が似《に》ているから、二人は仲良し。と、菜子は思っている。

菜子は、『プチ・レディ』というマンガ雑誌を毎号買っている。それは、一か月に二回出ている雑誌で、いつも菜菜子に貸《か》してあげていた。この間、菜菜子から「あたしのあと、のん

ちゃんに貸《か》してもいい?」って聞かれたから、「いいよ」と答えた。ところが、うっかりしていて、発売日に買いそびれてしまった。昨日、慌《あわ》てていつも買ってる本屋さんに行ったら、すでに売り切れていた。

このままでは、連載《れんさい》マンガの続きも読めない。みんなも待ってるから、なんとかゲットしなくては、というわけで、菜菜子に教えてもらったこの本屋さんにやってきた。でも、本当に、こんな小さな本屋さんに、あるのだろうか。不安を覚えながら、菜子はおそるおそる引き戸のドアを開くと、中に一歩足を踏《ふ》み入《い》れた。

入り口のすぐそばに古ぼけたレジがある。そこに立っている青いエプロンをした人をちらっと見てから、菜子は店の奥《おく》のほうに入っていった。このとき、ほかに客はいなかった。

外からは小さな店だと思ったが、思いの外、奥行きがあった。

「あれ、けっこう、広いじゃん」

と、菜子はまたつぶやいた。思ったことが、つい口から出てしまうのが、菜子の癖《くせ》だ。

お店の中をひとわたりめぐってから、マンガ雑誌《ざっし》のコーナーに向かう。いくつかのマンガ雑誌が並《なら》んでいるけれど、種類は多くない。やっぱり、ないかもしれないなあ、と思いながら、『プチ・レディ』を探《さが》した。すると……。

「あった!」

菜子の顔に満面の笑《え》みが広がった。間違《まちが》いなく最新号だ。

「よかったぁ。これで、明日《あした》、菜菜子ちゃんにも貸《か》してあげられる」

念のために腕《うで》にさげたバッグを見る。大丈夫《だいじょうぶ》、お財布《さいふ》、忘《わす》れてきてない。

「千円以上あるもんね」

と、またつぶやく。昨日の夜、お財布の中身はちゃんと確認《かくにん》したはずだ。

菜菜子ちゃんにすぐに貸してあげたほうがいいし、今日の夜は、観《み》たいテレビもあるので、菜子は、『プチ・レディ』をここで立ち読みすることにした。

「あたしって、やっぱついてる」

いつも買ってる本屋さんは、しっかりビニールがかけてあって、立ち読みなんてできない。けれどここの本は、まるで「立ち読みしてください」とでもいうかのように、どの本にもビニールなんてかかってない。

しばらく読んでいると、背中《せなか》に何かが軽くぶつかった。はっとして振《ふ》り返《かえ》ると、紺色《こんいろ》のブレザー姿《すがた》の男子と目が合った。

「あ、ごめんね、ぶつかっちゃって」

と、相手が言ったので、菜子は首を横に振った。ブレザーがお兄ちゃんのと同じだから、中学生かな、と思った。

その中学生男子が、笑顔《えがお》で菜子のことを見ているので、菜子も何となく相手のことを見ていた。それにしても、ほかにもお客さんがいたとは。マンガを読むのに夢中《むちゅう》で、いつの間に来ていたのか、菜子はまったく気がついていなかった。

そのとき、

「何か、お探《さが》しですか？」

と言う声が、少し離《はな》れたところから聞こえた。びっくりして菜子が声のほうを見ると、すぐ隣《となり》に、男の人が立っていた。振《ふ》り向《む》いたとき、ぶつかりそうになったぐらいすぐ近くに。その人もやっぱり、お兄ちゃんのと同じブレザーを着ていたから、中学生のようだ。

でも、声をかけてきたのは、すぐそばに立つ中学生ではなかった。声の主が、ゆっくりと菜子と男子中学生が立つほうに近づいてくる。それは、さっきレジのところに座《すわ》っていた青いエプロンをした店員だった。店員を見た中学生は、なぜだか少しおびえたように、

「あ、いや、別に」

と、もごもご言いながら、菜子のそばから離れると、さっき、菜子にぶつかったもう一人の中学生と二人で、逃《に》げるようにして、店を出ていってしまった。

「ぎりぎりだったね」

店員さんが言った。

「えっ？」

菜子はきょとんと首をかしげる。何を言ってるんだろう、この店員さん……っていうか、ほんとに店員さん？

その人は、見たところ、菜子と同い年ぐらいに見えたのだ。ということは、子ども。でも、エプロンをしているし、青いエプロンには、本のイラストが描《か》いてある。

きっと、このお店をやっている人の子どもで、お手伝いでお店番をしているにちがいない。

「あのね、今の中学生、君のバッグから、財布《さいふ》、抜《ぬ》き取《と》ろうとしていたんだよ」

青いエプロンの少年の言葉に、菜子は思わず、素《す》っ頓狂《とんきょう》な声をあげてしまった。

「ええ？　ウッソー！」

「一人が、わざと君にぶつかって気を引いて、もう一人が、お財布を抜き取る、ってわけ」

「本当に？　あたし、ぜんぜん、気がつかなかった」

でも、すぐに菜子はにっこりと笑った。

「あたしって、やっぱりついてる！」

「盗《ぬす》まれるところだったのに、ついてる？」

「だって、取られそうになったのに、取られなかったんだよ！　それに、買いそびれてた『プチ・レディ』も、このお店にあったもん！」

菜子はうれしそうに言って、『プチ・レディ』を買った。

「ありがとうございました。気をつけて帰ってね」

と、青いエプロンの少年が言った。

明るくうなずいて、店を出た菜子だが、外から引き戸を閉《し》めようとしたとき、うっかり指を挟《はさ》んでしまった。

「痛《いた》ぁ！」

と思わず叫《さけ》ぶと、さっきのエプロン少年が小走りで近づいてきて、心配そうな顔で聞いた。

「大丈夫《だいじょうぶ》？」

「うん。あたし、そそっかしいから、よくやるんだ。でも、左手でよかった！」

菜子は、そう言って、左手の人差し指に、ふーっと息を吹《ふ》きかけた。

＊　＊　＊

吉敷悠司《よしきゆうじ》は、ちらっと隣《となり》の席を見て、やれやれ、というふうにため息をついた。もうすぐ一時間目が始まるのに、菜子ときたら、ランドセルの中身をいちいち出して、机《つくえ》に置いている。たぶん、何かを探《さが》しているのだろう。いつもこうだ。ペンケースのチャックを閉《し》め忘《わす》れて、消しゴムがランドセルの底に埋《う》もれていたり、提出《ていしゅつ》するプリントをくちゃくちゃにしたり。どんくさいヤツだ。なんで、菜子なんかの隣《となり》になってしまったのだろう。

「あった、よかったぁ」

と、菜子が言った。そう、こいつは、すぐに声に出してしまう。こんなだから、みんなにばかにされるのだ。と思わず顔をしかめたとき、ランドセルの中に、分厚《ぶあつ》いものが入っているのが見えた。

――あれ、マンガじゃないか？

学校にマンガを持ってくることは禁止《きんし》されている。こっそり持ってくる子もけっこういるけれど、見つかったら没収《ぼっしゅう》されて、返してもらえるのは三日後だ。

悠司は、見つからなければいいけど、と思った。いや、見つかったって、かまわない。なぜって、超《ちょう》マイペースの菜子には、いらいらさせられることが多いのだ。先生に叱《しか》られたって、ざまぁ、と思うだけだ。

中休みのとき、菜子は、ランドセルからマンガ雑誌《ざっし》を取り出した。悠司が横目で見てみると、それは女子に人気の『プチ・レディ』だった。菜子は、堂々と『プチ・レディ』を持って、菜菜子のところに歩いていった。

「菜菜子ちゃんが教えてくれたお店に、『プチ・レディ』、あったよ。貸《か》してあげようと思って持ってきたんだ。あとでのんちゃんにも、貸《か》していいよ」

「ええ？　あの店にあったの？　前見たときには、置いてなかったよ。でも、買ったばかりなのに、ほんとに貸してもらっていいの？」

菜菜子は、うれしそうに言いながら、雑誌《ざっし》を受け取った。

「もちろん。この前、約束したし、菜菜子ちゃんは、友だちだもん」

悠司は、ばかだなあ、と思った。なんで菜菜子のことを、友だちだなんて言うのだろう。ずいぶん前のことだけれど、菜菜子が、希未《のぞみ》や美弥子《みやこ》といっしょになって、菜子のことをばかにして笑っていたのを、悠司は偶然《ぐうぜん》見てしまったことがあったのだ。そんなことにも気がついてないとしたら、やっぱり菜子は、鈍感《どんかん》というか、おめでたいヤツだ。

そのとき、希未と美弥子が、外から戻《もど》ってきて、

「菜菜子！」

と声をかけると、菜菜子のほうに歩みよってきた。

――ほらみろ。

菜菜子が菜子とよりも、希未や美弥子と仲良くしているのは、悠司だって――つまり、男子たちだって――わかっている。

「あ、『プチ・レディ』だ。ちょっと見せてよ」

希未は、そう言うと、菜菜子から雑誌《ざっし》を奪《うば》った。

「のんちゃん、菜菜子ちゃんが先だよ。約束してるから」

菜菜子のすぐうしろにいた菜子が、希未に向かって言った。希未は、一瞬《いっしゅん》、ムッとしたあとで、菜菜子のほうを見てにやっと笑った。

「そうなの？　へえ？　菜菜子、菜子と仲良かったんだねえ」

菜菜子が困《こま》ったような顔でうつむいたとき、担任《たんにん》の小野田《おのだ》先生が入ってきた。まだチャイムが鳴っていなかったので、希未が、まずい、という顔になった。けれどもすぐに、希未はいきなり『プチ・レディ』を菜子に押《お》しつけて、大きな声で先生に向かって言った。

「先生、柳井菜子さんが、マンガを持ってきました。今、秋吉さんが見つけて、注意していたところです」

菜子は、何が起こったかわからない、というふうにきょとんとしていたが、『プチ・レディ』は、先生に没収《ぼっしゅう》されてしまった。

希未のかしこいところ、というか、ずるいところは、わざわざ、菜子と菜菜子の間に亀裂《きれつ》を入れるような言い方をしたことだ。悠司は、女子、怖《こ》えぇ、と思った。

マンガを没収されて、菜子はすごすごと席に戻《もど》ってくる。

ドジなヤツだ。だから、「ヤナイナコ」じゃなくて、「ダサいナコ」とか、「ヤナコ」なんて言われちゃうんだ。

ところが、菜子ときたら、ぽつりとこんなことをつぶやいた。

「あーあ、菜菜子ちゃんに、貸《か》せなくなっちゃったなあ」

その日の放課後、悠司は、女子何人かが、菜子の机《つくえ》の上に、ゴミを置いているのを見てしまった。ところが、教室の外から戻《もど》ってきた菜子は、

「あれ？　なんでこんなとこに、ゴミがあるんだろう」

と首をかしげながら、だまってちりとりに集めてゴミ箱に捨《す》てた。悠司は、まゆを寄《よ》せて菜子を見ると、ほんと、ばか、と小さくつぶやきながら、教室を出ていった。

靴箱《くつばこ》の手前までできた悠司は、むしょうにいらいらしてきた。そのとき、廊下《ろうか》を歩いてくる菜子が見えた。とっさに物陰《ものかげ》に隠《かく》れた悠司は、菜子が通る瞬間《しゅんかん》、さっと足を出した。

「きゃっ！」

小さく叫《さけ》んで、菜子がすっ転んだ。しかし、その派手《はで》な転び方は、悠司の想像《そうぞう》を遥《はる》かに超《こ》えていたのだった。ちょっと足をひっかけてやろうと思っただけなのに、菜子ときたら、つぶされたごきぶりみたいにぺたっと廊下にはいつくばったのだ。そればかりか、ランドセルのカバーがべろんと開いて、中に入っていた教科書やノート、ペンケースが飛び出した。

「あーあ、また転んじゃった」

むっくり半身を起こした菜子は、ぺたりと廊下《ろうか》に座《すわ》ったまま、散らばったものを拾い集めた。それから、離《はな》れたところまで飛んでいったペンケースを拾おうとして、立ち上がった菜子だが、よろっとよろけて、ペンケースを蹴《け》っ飛《と》ばしてしまった。ペンケースのチャックが閉《し》まっていなかったのか、鉛筆《えんぴつ》や消しゴムが中から飛び出した。

まさか、こんなことになるとは思わなかった。なんであんなふうに、激《はげ》しく転ばなければならないんだ、そのうえ、自分でペンケースを蹴っ飛ばすとは。あきれながらも、悠司はさすがに良心がとがめた。といって、素直《すなお》にあやまる気にもなれなかった。

「ダサいナコ！」

そう吐《は》き捨《す》てるように言ってから、悠司は、わざとらしく肩《かた》をすくめて、ペンケースを拾い、散らばった鉛筆や消しゴムを集めてやった。そして、ペンケースの中にしまうと、しっかりチャックを閉めてから、菜子に渡《わた》した。

「ありがとう！」

菜子は、にっこり笑ってお礼を言った。

その瞬間《しゅんかん》、悠司はなんともいえない、妙《みょう》な気分になった。転ばせたのは自分なのに、ありがとう、なんて言われた。菜子の表情《ひょうじょう》は、だれかのせいで転んだのかもしれないと、疑《うたが》うようなところはまったくなかった。どういうわけか、菜子の笑顔《えがお》を見ているうちに、胸《むね》がドキドキしてきた。

――嘘《うそ》だろ。ダサいナコって、マジ、かわいくね？

「おい、保健室《ほけんしつ》、行けよ」

悠司は乱暴《らんぼう》な口調で言った。菜子の膝小僧《ひざこぞう》には、少しだけど血がにじんでいた。

「あ、ぜんぜん気がつかなかった。教えてくれてありがとう。でも、保健の先生に、またけがしたの？　って言われちゃう」

と、頭をかくようなしぐさをしてから、菜子が保健室のほうに歩いていく。

「どんくせぇ……」

悠司は、そうつぶやいて菜子の背中《せなか》を見送った。けれどなぜか、顔が火照《ほて》った。

＊　＊　＊

「あれ？」

漢字テストのとき、菜子は首をかしげた。ペンケースの中に、消しゴムが入ってない。昨日、確《たし》かに、ペンケースに入れたのに。

「また、なくしちゃったのかな」

それは、かわいいパンダの消しゴムで、お気に入りのものだった。それに、まだ買ったばかりでほとんど使ってない。

困《こま》ったなあ、テストの答え、書き直したいのに、消しゴムがないと消せない、と思ったそのとき、小さく切った消しゴムが飛んできて、ぽとっと菜子の机《つくえ》の上に着地した。どこから来たのかは、わからなかった。でも、天の助けだと思った菜子は、その消しゴムをありがたく使わせていただくことにした。

帰りの会のあとで、菜子は、消しゴムに向かって、「ありがとう」と言うと、机の上に置いて、トイレに行った。戻《もど》ってくると、消しゴムはなくなっていた。天から降《ふ》ってきたものは、きっと天に帰ったのだ、と思った。

その日、菜子は、学校の帰りに、この間、『プチ・レディ』を買った本屋さんに行くことにした。まだ読んでないマンガがあったのだけれど、先生に取り上げられてしまった。あの本屋さんで、ささっと立ち読みしてしまえば、返してもらったらすぐに菜菜子に貸《か》してあげられるではないか。ほんとは寄《よ》り道《みち》はいけないのだけれど、家に戻ってからまた出かけるのもめんどうくさい。

店に入ると、レジのところに、この間、店番をしていた男の子がいた。今日も、この前と同じ青いエプロンをしている。

まだ残っているかと気になってマンガ雑誌《ざっし》の棚《たな》に行くと、一冊《さつ》だけ『プチ・レディ』があったので、続きを読んだ。そのあとで、ぷらぷらと店内を歩いているうちに、ふと目に留《と》まった本があった。それはマンガではなく、読み物で、タイトルが『本当《ほんとう》にあった怖《おそ》ろしい話《はなし》』という本だった。手にとってぱらぱらめくっているうちに、つい引《ひ》き込《こ》まれて、しばらく立ち読みしてしまった。不思議《ふしぎ》系《けい》の話もあったけど、リアルな話もあった。意地を張《は》って、一人でちがう道を行って山の中で迷《まよ》ってしまった子の話とか、おばあさんがけがをしたから迎《むか》えに来たと言われて、誘拐犯《ゆうかいはん》の車に乗ってしまった子の話とか。

「怖《こわ》いことがあるんだなあ」

と、菜子がつぶやいたとき。

「これ、君の？」

と言う声がして顔をあげた。すぐ隣《となり》に、青いエプロンの少年が立っていて、掌《てのひら》には、パンダの消しゴムが載《の》っていた。

「あれ？　これ、どうしたんですか？」

「さっき、男の子がここに来て、この消しゴム、拾ったって言うんだ。これは、うちの売り物じゃないし、ちょっとだけ使ったあとがあるから、どこで拾ったのかって聞いたら、どこでとは言わなかったけど、その子が、君のじゃないかって言ったから」

「男の子って？」

「さあ、ぼくにはわからないけどね」

菜子は、首をかしげながら、消しゴムを受け取った。授業中《じゅぎょうちゅう》になくなったことに気がついたのに、なんでここで見つかったのかが、不思議だった。でも、すぐに思いなおした。まあ、いいか。出てきたのだから。

菜子は、青いエプロンの少年に向かって言った。

「あたしって、よくものをなくすの。でも、出てこないことも多いよ。だから、なくしたと思ったものが出てくるのって、なんだかうれしい！」


数日後、今度は算数のノートが消えた。菜子は、あの本屋さんに、文房具《ぶんぼうぐ》も売っていたことを思い出して、家に戻《もど》ってから、トートバッグを手に出かけた。

その日も、青いエプロンの少年がレジのところにいて、菜子を見ると、すぐに呼《よ》び止《と》めた。

「あの、今日は、ノートを買いに来たんだけど」

と、菜子が言うと、それには答えずに、この間と同じ言葉で菜子に聞いた。

「これ、君の？」

少年が、目の前に突《つ》き出《だ》したのは、算数のノートだった。中をぱらっと見ると、間違《まちが》いなく、菜子のノートだった。そのとき、思わず菜子が口にしたのも、この前と同じ言葉だった。

「あれ？　これ、どうしたんですか？」

「男の子が来て……。今し方、出ていった、あの子だよ」

と、店のドアの外を指さす。ガラス越《ご》しに外を見ると、男の子の背中《せなか》が見えた。たぶん、菜子と同じ五年生ぐらいの子。でも、その姿《すがた》はすぐに遠ざかってしまった。

「ごめんなさい。ノート買おうと思って来たのに、必要なくなっちゃった」

とあやまると、少年は、素《そ》っ気《け》ない口調で言った。

「別にいいよ。お客さんは、ほかにもいるからね」

そう言われて見ると、いつもより客が多いようだった。そして、菜子が買おうかと思っていたノートを持って、

「すみません、これください」

と言いながらレジに来た子がいた。

二度あることは三度ある。その言葉どおり、菜子はお気に入りの下敷《したじ》きをなくしたが、それも本屋さんで見つかったのだった。そのときも、青いエプロンの少年は、

「これ、君の？」

と言った。でも、その後の展開《てんかい》は、これまでとはちがった。少年は、マンガを立ち読みしている男の子を指さしたのだ。

「あの子、知ってる?」

後《うし》ろ姿《すがた》だけだとよくわからない。菜子は、少し近づいて、そっと横顔を見た。そして……。

「あれ? 吉敷くんだ!」

菜子の声に、悠司が振《ふ》り向《む》いた。

「なんだ、君たち、知り合いなの?」

「うん。隣《となり》の席の子だよ。吉敷くんも、この本屋さん、知ってたんだね」

菜子が言うと、

「あ、うん、まあ」

と、なぜだか困《こま》ったようにもじもじしていた。

「君がなくしたものをとどけてくれたのは、この子だよ」

「ウッソー! ほんと? ありがとう、吉敷くん」

＊　＊　＊

菜子を廊下《ろうか》で転ばせてしまってからというもの、悠司は、菜子のことが気になってしかたがなかった。

パンダの消しゴムは、希未が取って隠《かく》した。悠司は、たまたまそれを見てしまい、隠された消しゴムを取《と》り戻《もど》した。だけど、教室で返すわけにもいかないから、その日、こっそり菜子のあとをつけたのだ。

あとをつけたものの、なかなか声がかけられない。そのうちに、菜子は、帰り道とはちがうほうに曲がった。寄《よ》り道《みち》するつもりなのだろうか。このままついていって、自分まで寄り道なんかしていいのだろうかと迷《まよ》った。けれど、結局、悠司は菜子のあとをついていった。やがて菜子は、古ぼけた家の前に立ち止まった。ガラス戸の向こうには本が見えた。どうやら本屋らしい。

菜子は、寄り道を悪いとは思ってないのか、堂々と本屋さんの店の中に入っていった。五秒ぐらいたってから、悠司も、戸を引いてそっと中に入った。

入り口は狭《せま》いのに、店の中は思ったより広かった。そして、置いてある本の数も半端《はんぱ》ない。壁《かべ》寄《よ》りの書棚《しょだな》は天井《てんじょう》までぎっしり本でうめられていた。

菜子を探《さが》すと、マンガコーナーで、立ち読みしている。この本屋、立ち読みOK《オーケー》なんだ、いいとこ見つけた、と思いながら、菜子に近づいていった。

でも……。なんて言えば、いいのだろう。この消しゴム、なくしたろ？　いや、なくしたのではなくて隠《かく》されたのだ。でも、本当のことを言うのも、なんかちがう気がする。

そのとき、

「何か、探《さが》してるの？」

と声をかけられた。振《ふ》り返《かえ》ると、青いエプロンをした、自分と同じ年ぐらいの男の子が立っていた。店員さんとは思えないけれど、エプロンをしているから、きっと、本屋さんの子どもで、店を手伝っているのだろう。

「あの、これ……」

悠司が、消しゴムを差し出すと、

「うちの売り物じゃないね」

と言われた。やっぱり、本屋さんの身内のようだ。

「落っこってた。たぶん、あの子のものだと思う」

悠司は、菜子のほうを指さして、そのまま急いで店を出ていった。

悠司は、菜子のことが気になって見ているうちに、少し、事情《じじょう》がわかってきた。菜子が、菜菜子を友だちだって言うのは、けっして嘘《うそ》ではなかったのだ。たしかに教室では、あまりいっしょにいないけれど、ふたりで楽しそうに話しながら帰っていくのを何度か見た。きっと、菜菜子は、女子のリーダー格《かく》の希未や美弥子に、さからえないのだろう。

悠司は、菜子が下敷《したじ》きを取られた日に、だまって返すのはもうやめようと思った。だれかに取られないように少し注意しろ、と言うつもりだったのだ。それで、書店でマンガを立ち読みしながら、菜子と青いエプロンの少年が話しているのを、ちらっ、ちらっと見ていた。

しばらくすると……。

「吉敷くんが見つけてくれたんだね、ありがとう」

そののんきぶりに、いらついて、つい、きつい調子で聞いた。

「っていうか、どこでなくなったとか、わかってるのか？」

「うーん。学校でなくなったはずなんだけど……」

菜子は、なくしたものがなぜ本屋で見つかったのかを、さほど不思議なこととは思っていないようだった。

「だからさあ、それが、ここにあるのは、なんでだと思う？」

悠司にすれば、なぜ自分が持っているのか、どこで見つけたのか、と聞いてほしかったのだが、菜子は、

「なんでかなあ？　でも、見つかったからいいんだ。なくしたものが出てくるなんて、それだ

けで、ラッキーだよね」

なんて言う。その反応《はんのう》、ありえねえし、と悠司は思った。返す言葉を失っていると、

「じゃあ、あたし、帰るね。吉敷くん、本当にありがとう！」

と笑う。なんかマジ、むかつく。けど、ありがとうって言われると、どうしてか胸《むね》がドキドキしてしまう。悠司は出口に向かいかけた菜子の腕《うで》を、慌《あわ》ててつかんだ。

「おい、クラスの女子に、気をつけろよ」

「ええ？　どうして？」

菜子は、きょとんとした顔で言って、店を出ていった。

「明るい子だねえ」

青いエプロンの少年が言った。

「っていうか、鈍感《どんかん》すぎる。だって、なくしたんじゃなくて、同じクラスの女子に、隠《かく》されたんだよ」

「そうだったんだ」

算数のノートと、下敷《したじ》きを隠したのは、美弥子だった。でも、菜子をばかにしたり、机《つくえ》の中にゴミを突《つ》っ込《こ》んだりする子はほかにもいる。それに、菜子はもともとそそっかしい子でもあ

るのだ。

「あの子、よく転ぶし、ドジなんだよ。どんくさいっていうか」

「災《わざわ》いが多い子ってわけだね。それなら、いい本があるよ」

「いい本？」

「厄《やく》除《よ》けになる本」

「へえ、そんなの、あるの？　でも、高いんでしょ」

「そうでもないよ。明日《あした》、お店に来るように、あの子に言っておいて。五百円で、特別に売ってあげるから」

＊　＊　＊

五時間目の授業中《じゅぎょうちゅう》、隣《となり》の席から、折りたたんだ小さな紙が飛んできた。菜子は、なんだろうと思って開こうとしたけれど、うまく開けない。というのも、給食のとき、中華《ちゅうか》スープで、指をやけどしてしまったのだ。保健室《ほけんしつ》につれていってくれたのは、菜菜子だった。菜菜子って、ほんと、やさしい子だ。

ようやく紙切れを開くと、こんなことが書いてあった。

500円持って、あの書店に来い

このメモ、だれから？　と思って隣《となり》を見る。悠司と目が合った。すると、悠司がうなずく。どうやら、このメモは悠司からみたいだ。

あの書店というのは、あの不思議な書店のことだと思った。でも、こんなこと、口で言えばいいのに、言えないわけがあるのだろうか。それは、もしかしたら、五百円というのに関係があるのかもしれない。

悠司は、五百円貸《か》してほしくて、それを知られたくないのだとしたら？　それなら、貸してあげたほうがいいだろう、なくしたものを見つけてくれたし。菜子は、財布《さいふ》の中身を思《おも》い浮《う》かべる。

たぶんまだ五百円ぐらいは残っているはずだ。

菜子は、家に帰ると、財布をトートバッグに入れて、本屋さんに向かった。

ガラッと引き戸を引いて店に入る。お客さんはだれもいなかった。もちろん、悠司もいない。

ということは、さっきのメモは、悠司ではなかったのだろうか。あのとき、うなずいたのは偶然《ぐうぜん》だったのかもしれない。

「あたしって、はやとちりというか、すぐ勘《かん》ちがいしちゃうんだよね」

と、菜子はつぶやいた。

レジのほうを見ると、青いエプロンの少年が暇《ひま》そうにしていた。お客がいないのだから、無理もない。ところが、少年は、菜子に気がつくと、

「ああ、君。待っていたよ」

なんて声をかけてきた。菜子はおずおずと聞いてみた。

「あの、また何か、あたしのなくしたものが見つかったんですか?」

「何か、なくしたものがあるの?」

「あ、今日はまだ何もなくしてなかったんだ」

少年は、おかしそうに笑った。

「そんなに、ものをよくなくすの?」

「うん。ママに、よく叱《しか》られるの。また、消しゴムなくしたの? とかって」

「ところで、その指は?」

「これはね、給食のスープで、やけどしちゃったの。保健室《ほけんしつ》の先生に、また、柳井さん? って言われちゃった」

菜子は、へへへと笑った。

「なるほど、そういえば、膝《ひざ》にも傷《きず》あとがあるね」

「うん。おまえは、そそっかしいって、パパにも言われてるんだ」

すると、少年は、一冊《さつ》の本を取り出した。表紙が虹《にじ》みたいにカラフルで、真ん中にフクロウの絵が描《か》いてある小さな本だ。本の題名は、『八九七四』という。変なタイトルだな、と思ってながめていると、

「君、この本を、買うといいよ」

と言われた。

「おもしろいの？　表紙のフクロウはかわいいけど」

「おもしろい、というのとはちょっとちがう本だよ。でも、きっと、君の役に立つと思うから。お守りみたいに持っているといいよ。そうすれば、たぶん、ものをなくしたり、転んだり、しなくなるよ」

菜子は、手にとってぱらぱらめくってみた。よく読めない漢字とか、鬼《おに》みたいな人の絵とかが描いてある。

「本当に、転ばなくなるのかなあ？」

「保証《ほしょう》するよ。でも、必ず持ってなくちゃだめだよ。いつもカバンに入れておけば、きっと

役に立つよ」

「でも、高いんでしょ。お守りみたいな本なら」

「特別に、五百円で売ってあげる」

五百円？　なんという偶然《ぐうぜん》だろう。菜子が、悠司に貸《か》してあげようと思った金額《きんがく》と、本の値《ね》段《だん》が同じとは！　その偶然が気に入って、菜子は、本を買うことにした。

「じゃあ、買います」

そう言って、菜子はバッグからお財布《さいふ》を取り出した。そして、お金をレジのそばに置いていく。百円玉が四つと、十円玉が五つ……。

「あれえ？　足りない！　四百五十円しかないよ」

「お財布のチャック、閉《し》まってなかったみたいだけど、もしかして、バッグの中に、お金、こぼれたりしてない？」

そう言われて、菜子は、バッグの中を探《さが》した。そして……。

「あった！　五十円玉、見っけ！　ちょうど、五百円！」

「ぎりぎりだったね」

菜子は、本を受け取って、バッグにしまった。

「いつも、持ち歩くんだよ」

「うん。ありがとう！」

菜子は、笑顔《えがお》でお店を出ていった。

＊　＊　＊

菜子がお店から出ていったのを見とどけた悠司は、入《い》れ替《か》わるようにしてお店に入っていった。

「あいつ、本、買っていった？」

悠司が、青いエプロンの少年に聞くと、

「たった今、買っていったよ」

との答えだった。

「それって、どんな本なの？」

「七色の本だよ。厄除《やくよ》けの効果《こうか》があるんだ」

「ほんとに？　じゃあ、その本、おれも買えるの？」

「君に必要ないよ」

って言うけど、なんだかちょっとだまされたような気もする。五百円といえば、マンガの単行本だって買えるのに、菜子に損《そん》をさせてしまったんじゃないだろうか。

「ねえ、ほんとに効果《こうか》あるの？」

「まあ、見ていてごらんよ」

少年は、にやっと笑った。


青いエプロンの少年の言ったことは、どうやら嘘《うそ》ではなかったようだ。菜子のものがなくなることは、ぴたっと収《おさ》まった。それだけじゃない。つまずいたり、何かにぶつかったりすることもなくなった。それに、菜菜子とも、まるで前からずっと仲良しだった友だちみたいにしている。七色の本とやらは、効果があったみたいだ。

とはいえ、やっぱり悠司は心配だった。今のところ、うまくいっているように見えるのも、偶然《ぐうぜん》かもしれない。それで、時間があるときは、こっそり菜子のあとをついていくことにした。

なんだか、自分がおかしな人間みたいだ、という気がした。

——ストーカーっていうんだっけ？

いや、おれは別に、菜子のことが気になるだけで、好きとかそういうんじゃないけど、と言《い》い訳《わけ》するように考える。でも、気になるってことが、恋《こい》の始まりって、だれか言ってなかったろうか、なんて思うと、なぜか顔が火照《ほて》ってくる。悠司は、首をぷるぷると横に振《ふ》った。

あるとき、菜子は、例の本屋さんに入っていった。悠司は、少し遅《おく》れてついていった。店に入る直前、ふと上を見たとき、目のはしで店の看板《かんばん》をとらえた。古ぼけた看板があって、『……ぎり書店《しょてん》』という四文字だけが見えた。

それにしても、不思議なところがある本屋さんだ。だれかが話しているのを小耳に挟《はさ》んだけれど、絶版《ぜっぱん》になってて、手に入らないと思っていた本が、ここにあったとか。しかも、古本とかじゃなくて。

それから、この間、初めて気がついたけど、地下室もある。地下室にはトイレがあるらしいが、まだ入ったことはない。トイレのほかにも何かありそうだ。そもそも、平屋建ての家に、地下室があるなんて、なんだか妙《みょう》だ。あの地下室、どこか不思議な世界につながっていて、突《とつ》然《ぜん》、秘境《ひきょう》が現《あらわ》れて、長い吊《つ》り橋《ばし》があったりとか、と想像《そうぞう》しかけて、悠司は自分で笑ってしまった。作り話じゃあるまいし、と思ったのだ。

店の中に入ると、菜子は、発売されたばかりの『プチ・レディ』という雑誌《ざっし》を、立ち読みしていた。悠司も、少し離《はな》れたところで、立ち読みを始める。ときどき、ちらっ、ちらっと菜子のほうを見る。よほどマンガがおもしろいのか、クスクス笑っている。ほかの本屋さんだったら、こんなことはできないなあ、と思った。菜子は、ずいぶんと長い間、立ち読みしてから、

『プチ・レディ』を買うと、店を出ていった。

やっぱり菓子って、おかしなヤツだ。立ち読みでほとんど読んでしまったみたいなのに、わざわざ買っていくなんて。

悠司は、レジのところで暇《ひま》そうにしている青いエプロンの少年に話しかけた。

「ねえ、どうして立ち読みOK《オーケー》なの？」

「昔からそうだからだよ」

「昔って？」

「ぼくがまだ、小さいころからだよ」

少年は、どう見ても、悠司とはあまり年は変わらない。それなのに、小さいころのことを、昔なんて言う。変な子だ。

「君は、何年生？」

「さあ、わからないな。学校には行ってないから」

学校に行ってないとは、どういうことだろうか。

——不登校かな。だけど、それで働いてるなんて、変だし。

「いつ、生まれたの？」

「三百年ぐらい前かな」

少年がにやっと笑った。どうやらからかわれたらしい。きっと、学校に行ってないというのも、冗談《じょうだん》にちがいない。

*　*　*

放課後、菜子は一人で道を歩いていた。菜菜子からは、希未たちと帰るからって言われてしまった。ちょっと寂《さび》しいけれど、菜菜子が楽しそうにしているのだから、それでいい。

商店街を歩きながら、菜子は後ろをそっと振《ふ》り返《かえ》った。だれかが自分のあとをつけてきているのは、いくら鈍《にぶ》いとからかわれる菜子でも、気がついていた。それが悠司であることも。このところ、悠司の視線《しせん》が気になる菜子だ。教室でも、ふと悠司のほうを見ると、視線がぶつかる。すぐに目をそらされてしまうのだけれど。

悠司のことは、よく知らないが、前に転んだとき、廊下《ろうか》に散らばったものを拾ってくれた。それに、なくしたものも見つけてくれた。

菜子のほうでも、なんか悠司にしてあげられることがあればいいのに。でも……。

こんなふうに、あとをついてくるのは、もしかして、自分に何か頼《たの》みたいことがあるのかもしれない。そうだったら、聞いてあげないと。

菜子は、道を曲がったとき、電信柱のそばに隠《かく》れた。そして、悠司が現《あらわ》れると、いきなり、

「吉敷くん」

と声をかけた。悠司は、のけぞりそうになりながら、わあ、と叫《さけ》んだ。

「お、脅《おど》かすなよ」

「ごめん」

「おれになんか用か」

「っていうか、吉敷くんは、あたしに、なんか頼《たの》みたいこととか、ない？」

「わけねえだろ。ダサいナコ！」

と、乱暴《らんぼう》に悠司に言われたが、なぜかそんなにいやな感じではなかった。

「ならいいけど」

にっこり笑うと、なぜか悠司の顔が少し赤くなった。

「おまえ、最近、転ばなくなったな」

「あ。どうして知ってるの？　よくわかったね。そうなんだよ」

「よかったな」

「うん。あたしは、自分のこと、ラッキーだなって思ってるんだ。でもね、友だちには、ラッキーじゃない子もいるんだよ」

「友だちって?」

「塾《じゅく》の子なんだけどね。お父さんとお母さんが、しょっちゅうけんかしてるんだって。それで、当たりちらされて、ものが飛んできて、けがしちゃったり。おまけに、ものもらいになって目がかゆいって言ってたし、体育のとき、男子の投げたボールが、顔に当たったんだって」

「へえ、親のことは別として、そいつも、おまえみたいにドジなんだな」

「そんなことないよ。ついてなかっただけだよ。ほんとにかわいそうだったよ。だけどね、もう大丈夫《だいじょうぶ》だと思うな」

二人はいつの間にか、本屋さんの前に来ていた。

「ねえ、吉敷くん、知ってる? この本屋さん、なんでもあるんだよ」

「なんでもって?」

「ほしいな、って思った本が、なんでも」

「ふーん。で、これから行くの?」

「今日は行かない。じゃあね」

と菜子は軽く手を振《ふ》って、歩き出す。すると悠司が慌《あわ》てて追いかけてきて言った。

「転ばなくなったとかって、お祓《はら》いでもしたのか?」

「してないよ」

「お守りとか？」

「そういうのは、なくても大丈夫《だいじょうぶ》なんだよ」

菜子は、笑顔《えがお》で言って背《せ》を向けた。


しばらく歩いていくと、神社の鳥居《とりい》が見えてきた。

「この神社って、ちょっと不気味な感じ」

菜子は、ちょっとだけ身震《みぶる》いした。今はまだ明るいからいいけれど、薄暗《うすぐら》くなってくると、怖《こわ》くて一人じゃぜったいに歩けないなあ、なんて考えたとき。

菜子は、いきなり、背後《はいご》から腕《うで》をつかまれた。はっとして、振《ふ》り返《かえ》ると、大柄《おおがら》な男の人が立っていた。黒っぽい背広姿《せびろすがた》で、ネクタイもしている。

「君、柳井菜子ちゃんだね」

「はい、そうですけど」

「お母さんが、倒《たお》れたんだよ。ぼくが病院につれていってあげるから、いっしょにおいで」

「お母さんが？」

菜子の顔がゆがんだ。どうしよう、お母さんが……。

「さあ、早く」

男の人が菜子の手を引いた。泣きそうになりながら、ついていきかけた菜子だが、はっと我《われ》に返った。前に、立ち読みした本のことを思い出したのだ。誘拐《ゆうかい》されそうになった子の話だ。今、目の前にいるのは、知らない人だ。すぐに信用したりしては、いけない。

「あたし、家に帰ってみる」

「だったら、おじさんが家に送ってあげるよ」

「大丈夫《だいじょうぶ》です」

と、菜子は後ずさりしながら言った。

「いいからこっちへ来るんだ！」

男は、いきなり菜子の腕《うで》をつかむと、乱暴《らんぼう》に引《ひ》っ張《ぱ》った。

「離《はな》して！」

菜子が叫《さけ》んだ。すると男の人が菜子の口をふさいだ。そしてそのまま、ずるずると神社の奥《おく》のほうに引っ張っていこうとする。

「たすけ……」

菜子の必死の叫びは、声にならなかった。

*　*　*

悠司は、本屋さんで立ち読みしていた。だけど、なんかひっかかる。なんでだろう。

「なんか、悩《なや》んでるみたいだけど、どうかしたの？」

と、青いエプロンの少年に聞かれた。

「……別に」

「あの子のことを考えているなら、心配いらないよ。あの本を持っているかぎりはね」

「じゃあ、もし、本を……」

と考えて、急に胸騒《むなさわ》ぎがした。もしかして……。

菜子は友だちの話をしていた。不運な子の話だ。でも、その子はもう大丈夫《だいじょうぶ》だと言っていた。そして、悠司がお守りを持っているのかと聞いたとき、菜子が口にした言葉。

――そういうのは、なくても大丈夫なんだよ……。

もしも、菜子が、あの本を、不運な友だちにあげてしまったとしたら？

悠司は、いきなり出口に向かった。

「どうしたの？」

「菜子、あの本、手放したのかも。なんか、やな予感がする」

書店を飛び出すと、悠司の足は、自然と神社のほうに向かった。ほんの一瞬《いっしゅん》、道に矢印が見えたような気がして、それに導《みちび》かれるように、悠司は走った。

神社には人気《ひとけ》がなかった。ただ、鳥居《とりい》の中に入ってお社《やしろ》のほうを見たとき、黒い服の男の人が目に入った。悠司は、おそるおそるお社のほうに向かった。

お社の裏《うら》の道に、特徴《とくちょう》のない藍色《あいいろ》の乗用車が止めてあった。そして、今まさに、男の人が、腕《うで》をつかんだ女の子をその車のほうに引きずっていく。

菜子だった。

「菜子！」

悠司は、叫《さけ》びながら男に向かって、突進《とっしん》して、いきなり体当たりした。

「うわっ、なんだこのガキは！」

男が一瞬《いっしゅん》ひるんで、思わず菜子を離《はな》したすきに、悠司は菜子の手首をつかんで走り出した。

「おい、どうした。ガキになに手こずってるんだ！」

車の中から、もう一人男が出てきて、悠司と菜子は二人の男に追いかけられるはめになった。

「待ちやがれ、このガキ！」

男の一人が、悠司の襟首《えりくび》をつかんだ。そのとたん、悠司と菜子の手が離れた。

「あ！　吉敷くん！」

菜子が思わず足を止める。

「ばか！　逃《に》げろ！」

と、悠司が叫《さけ》んだ。しかし、菜子は逃げなかった。

「だれか！　助けてください！　人さらいです！」

菜子の声が神社に響《ひび》き渡《わた》った。しかし、声は生《お》い茂《しげ》った樹木《じゅもく》に吸《す》い込《こ》まれていくだけだった。そして、もう一人の男の手が、菜子の肩《かた》に伸《の》びたそのとき——。

空中を、ひらりと何か青いものが飛んできて、悠司をつかんでいた男の顔にまきついた。同時に、

「こっちだ！」

と言う声がした。菜子は、つかみかかってきた男の足を踏《ふ》んづけると、叫んだ。

「悠司くん！」

そして悠司の腕《うで》をつかんで、声のしたほうに走り出す。

「こっちだ！」

また声がした。でも姿《すがた》は見えない。それでも、二人は走った。緩《ゆる》やかな下り坂を逃げる。ようやく青いものを振《ふ》り払《はら》った男たちも追いかけてくる。そのとき、ふいに地面が開いた。中は真っ暗だった。悠司の足が急ブレーキをかけたように止まる。

「どうする？」

「声、ここからしたよ」

と、菜子が言った。目が合う。そして同時に、二人はそこに飛《と》び込《こ》んだ。すると、自動ドアが閉《し》まるみたいに、頭の上で地面がふさがった。

「な、なんだ？　いきなり消えたぞ」

と言う男たちの声が、耳にとどいた。

中は真っ暗だと思ったが、先のほうにぼんやりと灯《あか》りが見えた。悠司は、菜子と手をつないだまま、灯りのほうに向かって歩いていった。ふと、さっき、悠司くん、と菜子に呼《よ》ばれたことがよみがえってきた。なぜかほおが熱い。それに、今、手をつないでいる……。

あたりが、急に明るくなった。光がもれてきたところに扉《とびら》があって、それがいきなり開いたのだ。二人はおそるおそる、扉の中に入った。

「あれ？　ここは……」

目の前に階段《かいだん》があった。階段を上っていくと……。

「やっぱり！」

と悠司が叫《さけ》んだ。そこは、不思議な本屋だった。レジのところには、いつもの青いエプロンの少年……いや、このとき、少年は、エプロンをしていなかった。

「無事でよかったね。それにしても、君たち……」

と、少年が言いかけたとき。

「あたしたち、ぎりぎりだったね」

菜子はそう言うと、にっこり笑った。

＊　＊　＊

菜子と悠司が、仲良さそうにして帰っていくのを見送った少年は、

「先に言われちゃったな」

と、つぶやいた。

ちょっと心配な菜子ではあるけれど、悠司もいるし、お守り本がなくても、なんとかなりそうな気がする。それに、ほかにも、友だちがいるようだし……。

そのとき、地下のほうから漂《ただよ》ってきた青いひらひらしたものが、くるりと一回空中を舞《ま》って、すぽっと少年の身体《からだ》にまきついた。

「おつかれ」

少年は、だれに言うともなく言った。

思い出のかみかくし

工藤純子

ごろごろ……。

遠くから、不吉《ふきつ》な音が聞こえてきた。

さっきまで真っ白い入道雲がもこもこしていたはずなのに、いつの間にか黒い雲が空をおおっている。

見上げたとたん、おでこにぽたんっと水滴《すいてき》が落ちてきた。ぼたぼたぼたっと音がして、瞬《また》く間《ま》に、大粒《おおつぶ》の雨がアスファルトの道を黒くそめていく。そして、ぱあっと空が光ったかと思うと、ズズンッと、空気をゆるがすような雷鳴《らいめい》がとどろいた。

「きゃあ!」

長門葉月《ながとはづき》は、頭をかかえて走り出した。

ノートを買いに、駅前に行った帰り道。朝から晴れていたから、傘《かさ》なんて持っていない。

商店街を抜《ぬ》けた道には、誰《だれ》もいなくて心細かった。とにかく、建物の中に入らなくちゃ!

きょろきょろしていると、目の前に引き戸が半分だけ開いている店があって、迷《まよ》わずそこに飛《と》び込《こ》んだ。

とたんに、ドーンと雷《かみなり》が落ちて、「ひゃっ」と首をすくめた。

間に合った……。

七月に入ってから、ときどきこんなふうに、突然《とつぜん》大雨が降《ふ》るようになった。それは予想するのが難《むずか》しいゲリラ豪《ごう》雨で、天気予報《てんきよほう》もあてにならない。

ふうっと息をついてあたりを見ると、たくさんの本棚《ほんだな》が並《なら》んでいた。奥《おく》のほうには、お客さんもまばらにいて、熱心に本を読んでいる。入り口のすぐ横にレジがあって、青いエプロンをした男の子が立っていた。

ここ、本屋さん？

そういえば、かすれてはっきりとは見えなかったけれど、看板《かんばん》に『…りぎり書店《しょてん》』って書いてあったような気がする。本はお母さんに頼《たの》んでインターネットで買うことが多かったから、こんな本屋さんは知らなかった。

夏の暑さに雨の湿気《しっけ》も加わって蒸《む》し暑《あつ》いのに、本屋の中はひんやりとしている。

「いらっしゃいませ」

男の子に声をかけられて、ドキッとした。

さっき、雷が落ちたときに悲鳴をあげたのを、この子に聞かれたかもしれない……。そう思うと恥《は》ずかしくて、すっと目をそらした。

いくつだろう？　自分と同じ、五年生くらいに見えるけれど、学校で見かけたことはない。

それに、子どもが店番をやっているなんて……と思いながら、棚《たな》に目を向けた。

外は、まだ激《はげ》しい雨が降《ふ》っている。葉月は、本を選ぶふりをしながら、雨宿りをすることにした。

へえ……。

古い本から新しい本まで、葉月が好きそうな本がたくさんある。以前は毎日のように本を読んでいたけれど、最近は読む時間もないほど、塾《じゅく》や習い事で忙《いそが》しかった。

「あっ！」

一冊《さつ》の本に目が吸《す》い寄《よ》せられて、思わず声をあげた。

『思《おも》い出《で》のかみかくし』

それは、葉月が一年生のとき好きだった本だ。何度も繰《く》り返《かえ》し読んでは、本の世界にひたったことを覚えている。女の子が不思議な世界に迷《まよ》い込《こ》み、なくしたたいせつなものを取《と》り戻《もど》すお話だ。図書館で借りてほしくなり、おこづかいで買おうと思ったのだけど、その本はもう絶《ぜっ》版《ぱん》で売っていないと知ってショックだった。それが、こんなところにあるなんて……。

葉月は、胸《むね》をドキドキさせながら、その本に手を伸《の》ばした。指先が、ミント色の背表紙《せびょうし》に触《ふ》れたとき、

「ぎりぎりだったね」

男の子に声をかけられて、さっと手を引《ひ》っ込《こ》めた。

さっきレジにいた子が、いつの間にか後ろに立って、にこにこしている。

ぎりぎりって？

雷《かみなり》のこと？

雨に降《ふ》られたこと？

それとも……。

「その本、さっき別の子が買おうとしてたんだけど、お金がないからまた来るっていって帰ったんだ」

ああ、なんだ、そんなことか……。それにしても、ほかにもこんな古い本をほしがる人がいたなんて意外。

「きみ、ずいぶんその本が気に入ってるみたいだけど……。思いが強すぎると、やっかいなんだ。ほら、『本』に『気』がついたら、『本気』になるだろう？」

「は？」

その子は心配するように、まゆを寄《よ》せた。からかわれているの？ それとも、子どものくせにオヤジギャグ？

「そうすると、かみかくしにあいやすいし……あ、神さまのほうじゃなくて、糸へんのほう。つまり……」

「買いません！」

あまりにしつこいから、つい強い口調になった。

この本がほしかったのは一年生のときだ。五年生になった今、それはあまりに幼稚《ようち》すぎるし、手にとろうとしているところを見られたことさえ恥《は》ずかしい気がした。今の自分にぴったりで、ほしい本は……。

「これ、ください」

少し離《はな》れたところにあった、ファッション雑誌《ざっし》を手にとった。最近はやっている、おねえさん系《けい》の雑誌。メイクの仕方やおしゃれな洋服が載《の》っている。

「……本当に、それでいいの？」

男の子は、きょとんとして首をかしげた。

「いいんです！」

ファッション雑誌なんて似合《にあ》わないと言われたようで、葉月はムキになった。

ふと外を見ると、軒先《のきさき》から雨粒《あまつぶ》がぽたぽたとたれている。さっきまでの雨がうそみたいに、明るい空から日が差していた。

葉月はお金を払《はら》うと、さっさと店を出た。

次の日、五年一組の教室に入ると、女の子たちが窓辺《まどべ》の後ろの席に集まっていた。机《つくえ》の上に頭を寄《よ》せあって、きゃあきゃあ騒《さわ》いでいる。

「やっぱり、この服かわいいよね～！」

「うん、こっちの髪型《かみがた》もいいよ！　わたしもマネしたーい！」

ひょいっとのぞくと、昨日、葉月が買った雑誌《ざっし》だった。

「あ、それ、わたしも買ったよ」

そのひと言で、いっせいにみんなが振《ふ》り向《む》く。

「そうなの？　さすが葉月、おしゃれに敏感《びんかん》だね！」

そう言ったのは、クラスでもいちばんかわいい梨々花《りりか》だった。いつも最新のファッションに身を包み、読者モデルになったこともあるって聞いたことがある。みんなのあこがれみたいな子におしゃれなんて言われて、葉月の顔が赤くなった。

「そんなこと、ないけど……」

「え～、おしゃれだよ！　今日の洋服だってセンスいいし。その組み合わせ、雑誌と同じじゃない！」

梨々花に手を引《ひ》っ張《ぱ》られて、あっという間に女子の輪の中心に入《はい》り込《こ》んだ。

「そうなの？」

「どこ？」

みんながのぞきこむ中、梨々花は雑誌《ざっし》をパラパラとめくり、ばんっと机《つくえ》に広げた。

「V《ブイ》ネックのサマーニットとチェックのプリーツスカートの組み合わせって、はやってるんだから！」

梨々花が、自分のことのように胸《むね》をはる。

葉月は、えへへと照れながら、内心ほっとした。昨日、やっぱりあの雑誌を買ってよかった。たまたま家にあった、似《に》ている洋服を組み合わせただけで、おしゃれって言われるなんて。

すると、近くの席に座《すわ》っていた荒太《あらた》が、「うるせーなあ」と言った。

「オレは今、読書中なんだ。言っとくけど、マンガじゃないぜ！」

そう言っていばって見せた本は、『雨《あめ》にも負《ま》けて風《かぜ》にも負《ま》けて』という、不思議な題名の本だった。

「へえ」「天気の本？」なんて言いながら、みんな首をかしげている。

「ねえ、葉月、今度いっしょに洋服を買いに行かない？」

梨々花が、声を落として言った。

「え？　長門さんと？」

同じグループの女の子が、葉月をちらっと見る。一瞬《いっしゅん》だけど、刺《さ》すような視線《しせん》を感じた。

「やだ、長門さんじゃなくて、葉月って呼《よ》びなよ。ね、葉月、行くでしょう？」

梨々花が、腕《うで》をからめてくる。うれしくて、ほおが熱くなった。

「う、うん、いいよ」

女の子たちから目をそらして答えた。

「やったぁ！　葉月となら、かわいい服が買えそう！」

梨々花が何か言えば言うほど、みんなの視線が痛《いた》くなる気がする。でも、葉月はそんなことも気にならないほど舞《ま》い上《あ》がった。

そのとき、「おはよう」と言って、下松未央《くだまつみお》が葉月たちの横をすり抜《ぬ》けていった。

「あ……」

おはようと返そうとしたとたん、女の子たちのささやき声が聞こえてくる。

「未央ちゃんって、地味だよね～。いつも同じ服を着て……」

「おしゃれとか、興味《きょうみ》ないんじゃない？　気楽でいいかもね」

そんな声も聞こえた。

出かかっていた葉月の「おはよう」が、喉《のど》の奥《おく》に引《ひ》っ込《こ》んでしまった。

未央も、もっとおしゃれをすればいいのに……。

一年生のとき同じクラスになって、それからずっと、未央は葉月の親友だった。優《やさ》しくて、頭がよくて、しっかりもので……。あわてんぼうの葉月が失敗するとフォローしてくれるし、嫌《いや》なことがあると、いっしょに怒《おこ》ったり悲しんだりしてくれた。それが、五年生になってから、なんとなくぎくしゃくしはじめて……。

ううん、原因《げんいん》はわかっている。葉月が、梨々花のグループにあこがれたからだ。

いつも楽しそうで、キラキラしている梨々花のグループは、葉月にとって遠い存在《そんざい》だった。でも、ある日お母さんが編《あ》み込《こ》んでくれた髪型《かみがた》を見て、梨々花が「葉月ちゃんの髪型ステキ！」と言ってくれた。梨々花が言えば、クラス中の女子がステキと言ってくれる。

葉月はうれしくて、ときどきお母さんに編み込みを頼《たの》むようになった。そして、梨々花のおかげで、葉月はおしゃれな子というふうに見られている。グループの中には、ちょっと苦手なタイプの子もいるけれど、梨々花はかわいいうえに性格《せいかく》もいい。梨々花の隣《となり》を歩くことができたら、どんなに誇《ほこ》らしいだろうと思う。同じグループになれるのも、あと一歩だ。

もちろん、未央を見捨《みす》てる気なんてなかった。いっしょに梨々花と友だちになろうよと誘《さそ》った。ほんの少しだけ、おしゃれをすればいいんだから。

「未央はかわいいし、大丈夫《だいじょうぶ》だって！」

そう言ったのに、「わたしはいいよ」とそっけない。その頑固《がんこ》な態度《たいど》にイラッとした。

「わたし、おしゃれに興味《きょうみ》ないし、それに……」

未央は、言いにくそうに口をつぐんだ。

――梨々花に近づくためにおしゃれをするなんて、みっともない。

そう言われた気がして、唇《くちびる》をかんだ。

「わかったよ。だったらわたしも、わたしのやりたいようにするから」

つい口走ってしまって、それ以来気まずくなっている。

未央が悪い……。

友だちの輪を広げるって大事じゃない？　いろんな子とつきあえば、世界も広がるのに。おしゃれをすることは、悪いことじゃないでしょう？

自分のほうが正しいはずと、心の中に次々と言いわけが浮《う》かんだ。

席に座《すわ》った未央の背中《せなか》を見つめる。

みんなの言うとおりだ。未央は最近、いつも同じ服を着ている。

めんどうだから？　それとも、わたしへの当てつけ？

葉月は、そっとため息をついた。

梨々花のほかに、グループの子数人と駅で待ち合わせをして、大きな駅ビルがあるところまで電車で行った。友だち同士で遠出をするのも初めてで、ドキドキする。

「うわぁ、ステキ！」

キラキラしたディスプレイで飾《かざ》られた駅ビルは、どこも華《はな》やかだった。色とりどりの風船や花、星のモビール、吹《ふ》き抜《ぬ》けの天井《てんじょう》……。

エスカレーターでどの階に行っても、おしゃれな店ばかりだった。

梨々花が先頭を歩いて、案内してくれる。

「あの店！　最近、人気急上昇《にんききゅうじょうしょう》なんだ。安いのに、かわいいの」

そう聞いて、わくわくしながら店に入った。

「このスカート、葉月に似合《にあ》う～」

梨々花が、青と白のボーダー柄《がら》のスカートを当ててくれた。それは、夏にぴったりのマリン系《けい》だ。

「ほんと、ステキ！」

「いいなあ。買っちゃえば？」

グループの子たちが、口々に言う。今まで苦手だと思っていた子も、親しげに声をかけてくれた。悪いイメージは、わたしの思《おも》い込《こ》みだったのかもしれない。やっぱり、友だちの輪を広げるってたいせつだ。

「試着してみなよ」

梨々花に押《お》されて、試着室に入った。

そのスカートは、そのまま雑誌《ざっし》に載《の》ってもおかしくないほど葉月に似合《にあ》っている。

なんか、夢《ゆめ》みたい。もしかしたら、わたしまで読者モデルにスカウトされちゃうかも……。

ぽーっとなる葉月の目に、ちらりと値札《ねふだ》が見えた。

え!?

びっくりして、二度見する。

いつも買っているスーパーのスカートの三倍の値段《ねだん》！　梨々花は安いって言ってたのに……

これで安いの!?

冷《ひ》や汗《あせ》が出てきて、急いでスカートをぬごうとした。それなのに、ファスナーが途中《とちゅう》で引っかかって、なかなかぬげない。

やだ、どうしよう……こんなにお金、持ってないよ！

「葉月～？　どう？」

試着室のカーテンの向こうから、梨々花の声が聞こえる。

「あ、うん……ちょっと」

葉月は焦《あせ》って、ファスナーを何度も上下に動かした。

「ねえ、見せてよ」

カーテンがゆれる。

「今はダメ！」

葉月は片手《かたて》でカーテンを押《お》さえると、もう片方の手でファスナーをぐっと下げた。下がった！

急いでスカートをぬいで、元の洋服に着替《きが》える。全身汗《あせ》だくだったけれど、なんとか平静を装《よそお》った。カーテンを開けると、

「あれ？　着ているところ、見たかったのにぃ」

と、梨々花にがっかりされた。

「それが、あんまり、似合《にあ》わなくて……」

しどろもどろに言うと、

「え～、せっかく梨々花が選んだのに」と、グループの子たちがまゆをひそめた。さっきまで親しげだったのに……梨々花の顔色ひとつで対応《たいおう》が変わる。この子たちは、わたしのことなんてどうでもいいんだ。

葉月はあわてて、「ごめんね」と梨々花に謝《あやま》った。

「ぜんぜん、気にしてないよ。じゃあ、次、どれにしよっか！」

梨々花は明るく言うけれど、葉月は気が気ではなかった。どの洋服を選ばれても、「色が……」とか「長さが……」なんて言いわけしなくてはならない。結局、葉月はみんなとおそろいの靴下《くつした》だけ買って、ショップのかわいい紙袋《かみぶくろ》に入れてもらった。

駅前で別れたときには、すっかり疲《つか》れてしまって……。

「わたし、無理してるのかな」

ため息といっしょに、口からこぼれ出た。

未央といるときは、こんなふうに思ったことはない。嫌《いや》なことは嫌と言えたし、どんなことでも口にできた。

もしかしてわたしは、どこかで間違《まちが》えてしまったんだろうか……。


靴下の入った紙袋を持って、とぼとぼと家に向かった。

商店街を抜《ぬ》けて顔をあげると、古ぼけた本屋さんが見える。

まだ、あるかな……『思い出のかみかくし』。

こんな気持ちのとき、あの本を読んだら、元気になれそうな気がする。

店の子がおかしなことを言わなければ、本を買っていたと思う。

でも、あんな本を読んでいたら、梨々花は笑うかな……。未央だったら……。

ハッと息をのんだ。

未央が、前からやってくる。

どうしよう……。

今日、葉月はいつもよりおしゃれをしている。「どこに行ってたの？」と聞かれても、答えたくない。梨々花たちとおそろいの靴下《くつした》を買ったなんてばれたら、軽蔑《けいべつ》されるかもしれない。

葉月は靴下の入った紙袋《かみぶくろ》を、後ろ手にかくした。

顔を伏《ふ》せながら、早足になる。

「あれ、葉月？」

声をかけられた瞬間《しゅんかん》、紙袋を前にかかえて走り出していた。そして、駆《か》け込《こ》んだ先は、またあの本屋さん。

「きみ、この間の……」

はあはあと息を切らせていると、男の子に声をかけられた。

「もしかして、あの本？」

何も言ってないのに、先に言われてうなずいた。

「残念！　今日は、ぎりぎり間に合わなかったよ」

「え？」

葉月は、本棚《ほんだな》に目をやった。ミント色の本がない。

「たった今、売れちゃったんだ」

「今？」

葉月は、ごくりとつばを飲みこんだ。

「も、もしかして、ショートヘアの女の子!?」

「ああ、そうだけど」

最後まで聞かないうちに、葉月はきびすを返して走り出していた。

どうして!?

道の先に、未央の背中《せなか》が見える。

声をかけようかどうか迷《まよ》っていると、ふいに未央が振《ふ》り返《かえ》った。

目が合ったとたん、道がぐにゃりと曲がる。

「え？　何!?」

景色もゆがんで体が傾《かたむ》くと、未央の驚《おどろ》いた顔が目に入った。

道にぽっかりと穴《あな》があき、そのまま吸《す》い込《こ》まれる。

「うそ！　未央！」

「葉月！」

未央が伸《の》ばしてきた手をつかもうとして、そのまま穴《あな》に引《ひ》きずり込《こ》まれた。


気がつくと、洞窟《どうくつ》のようなところにいた。

「ここはどこ？」

葉月と未央は、顔を見合わせた。暗いのにお互《たが》いの顔がわかるのは、ところどころに明かりがついているからだ。明かりといっても、電球じゃない。丸くてぶよぶよしたくらげみたいなものが、いくつも天井《てんじょう》からぶら下がっていて、あわい光をはなっている。

「わたし、本を買って帰るところだったのに」

「そうだよ！　それでわたし、未央を追いかけようとして……」

「どうして？」

聞かれて、葉月が言葉につまると、それ以上は問いただされなかった。

「ここは、どこだろう」

あたりを見回しながら、未央がもう一度言った。

「そういえば、本を買ったとき、男の子におかしなことを言われたんだ。本が本気になるとか、かみかくしとか……」

「それ、わたしも言われた。もしかしたら、これってあの子の仕業《しわざ》じゃない？」

葉月が言われたのと同じことを、未央も言われたと聞いて驚《おどろ》いた。やっぱり怪《あや》しい。子どものくせに店員だなんていうのも、今考えればおかしいし。

葉月はきょろきょろとあたりを見回し、途方《とほう》にくれた。

一人だったら、泣き出していたかもしれない。でも、しっかりものの未央がそばにいてくれるって思うだけで、なんとか落ち着いていられた。

「わたしが、その子に言われたのはね」

未央の凜《りん》とした声が、洞窟《どうくつ》に響《ひび》く。

「思いが強すぎるとやっかいだから、気をつけてって。そういう本は、かみかくしにあいやすいからって……」

「それは、わたしも聞いた」

でも、その続きは……。

「もし、おかしなことが起きたら、それは本の世界だから、内容《ないよう》を読みながら進めばいいって言われたんだけど……そんなの、おかしいよね」

未央は、自信なさそうにつぶやいた。

「本の世界？　そういえば……」

葉月の頭に、ぼんやりと『思い出のかみかくし』の場面が浮《う》かんだ。女の子が迷《まよ》い込《こ》んだ不思議な世界は、こんな洞窟《どうくつ》からはじまった気がする。

「もしかしてわたしたち、未央が買った本の世界に入り込んじゃったのかもしれない」

「はあ？」

未央が、口をぽかんと開けた。

「まさか葉月、本気であの男の子が言ったことを信じているの？」

そう言われると、自信がないけれど……。

「だって、ほかに考えられる？」

葉月が問いかけると、未央はまゆをひそめて考えた。

「たとえば、大地震《だいじしん》が起きて割《わ》れ目《め》に落ちたとか、事故《じこ》にあって夢《ゆめ》を見ているとか……」

「でもわたしたち、こんなにピンピンしてるよ？」

葉月が笑うと、「そうだね……」と未央も笑った。

こんなときに笑えるなんて、相手が未央だからだと思いながら、葉月も勇気がわいてきた。

「とにかく今は、男の子の言うことを信じてみようよ」

葉月が提案《ていあん》すると、未央は申《もう》し訳《わけ》なさそうに両手を見つめた。

「それが……、さっき穴《あな》に落ちたとき、本をなくしてしまったみたい」

「未央は、あの本を読んだことがないの？」

「うん」

だったらどうして、あの本を買ったんだろう。あんな、小さい子が読むような本。そんな疑《ぎ》問《もん》を、未央がさえぎった。

「わたしのせいで、こうなったのかもしれない」

うつむいた未央が、気になることを言った。

「未央のせいって？」

「わたしが、こんな世界なくなっちゃえばいいって、思ったから……」

心臓《しんぞう》をぎゅっとつかまれたような痛《いた》みが走った。

わたしのせいだ。わたしが未央を避《さ》けたから、そんなふうに思わせてしまって……。

唇《くちびる》をかみしめ、頭をふる。まずは、ここから抜《ぬ》け出《だ》すことを考えよう。謝《あやま》るのは、その後だ。

「大丈夫《だいじょうぶ》だよ。わたし、その本、読んだことがあるから。でも、ずいぶん前だから、あまり覚えてないけど」

葉月は言いながら、懸命《けんめい》に本の内容《ないよう》を思い出そうとした。

「主人公の女の子は、何かたいせつなものをなくしたような気がするのに、それが何か思い出せないの。そしたら、一人の少女が現《あらわ》れて、その子と不思議な世界に迷《まよ》い込《こ》んで……」

「それで？」

「二人は、こんな洞窟《どうくつ》で、あのくらげみたいな明かりについていくんだ」

「そうなんだ！　手がかりができてよかった、行こう」

未央が差し出してきた手を、ぎゅっと握《にぎ》りしめる。未央の体温が伝わってきて、ほっとした。するど、光るくらげが、ゆらゆらと進みはじめた。

しばらくすると、道が二手に分かれた。右側はのぼり階段《かいだん》。左側はくだり階段。

「どっちかな」

「う～ん」

本にも階段が出てきた気がするけれど、どちらに行ったかなんてことまで覚えていない。明かりは、右に行こうとすると右に移動《いどう》し、左に行こうとすると左に移動した。

「葉月に任《まか》せる」

「でも……」

「あいかわらず、優柔不断《ゆうじゅうふだん》だなあ。そういうところ、心配だよ」

未央に言われて、カチンとくる。

「そういう未央だって、決めたくないだけでしょう？」

「違《ちが》うよ。わたしは、葉月を信じているから」

カッとなった頭が冷めていく。そういえば、遠足で未央と夢中《むちゅう》になってしゃべっていたら、みんなとはぐれてしまったことがあった。そのとき、「わたしに任《まか》せて！」なんて言ったくせに、さんざん迷《まよ》って……それでも未央は、文句《もんく》も言わずについてきてくれて、みんなと合流できたんだ。

葉月は、階段《かいだん》を見つめた。どちらの階段も、先が見えない。

「穴《あな》に落ちたっていうことは、ここは地下だよね？」

「……たぶん」

未央が、自信なさげにうなずく。

だとしたら、のぼっていけば地上に出られるはず。

「右だ！」

葉月は決心すると、階段をのぼった。手すりも何もない階段を、一段一段、慎重《しんちょう》にのぼる。光るくらげは、宙《ちゅう》をただよって足元を照らしてくれた。

ところが、階段《かいだん》をいくらのぼってもどこにも着かない。らせん階段の同じところをぐるぐると回っているだけのような気がしてくる。足が疲《つか》れて、階段を踏《ふ》み外《はず》してしまいそうだった。階段のわきから下をのぞき込《こ》むと、「ひょおおおおー」という風の音が聞こえてきて、底なしの暗闇《くらやみ》が広がっている。背中《せなか》がぞくっとして、足がふるえた。

「未央……」

心細い声を出すと、未央がぎゅっと手を握《にぎ》りしめてくれた。未央の手も、かすかにふるえている気がして、葉月も握り返す。

「何か、聞こえる」

葉月が耳をすませると、未央も立ち止まった。

「風の音じゃない……？」

ひょおおおという音に混《ま》じって、たしかに違《ちが》う音が聞こえてくる。

ぬおおおお～。

下のほうから、獣《けもの》のようなうめき声が聞こえてきた。それは、だんだん近づいてくるような気がする。

葉月と未央は、足を速めた。でも、うめき声のほうが速く近づいてくる。

「だ～れ～だ～」

はっきりと声が聞こえた。

「あれは……」

心臓《しんぞう》がどくどくと波打つ。そのとたん、本の内容《ないよう》を思い出した。

「かくし神だよ!」

葉月は、未央の手を握《にぎ》ったまま階段《かいだん》を駆《か》けのぼった。焦《あせ》って、足がからみつきそうになる。

「神さま? あんなに怖《こわ》そうなのに?」

「かくし神って、神さまというより、妖怪《ようかい》みたいな存在《そんざい》なんだって」

たしか、そんなことが書かれていた。それに、神さまが優《やさ》しそうだったり美しかったりするのは、人間の勝手なイメージだ。中には、恐《おそ》ろしい神さまがいたっておかしくない。

「かくし神は、忘《わす》れられた思い出をうばうの」

「それで、どうするの?」

息を切らせて、未央が聞いてくる。

「どうするんだっけ……。とにかく主人公の女の子は、何かわからないけれど、うばわれたものを取《と》り戻《もど》したいと強く願うの。それで、少女といっしょに、けんかしたり協力したりしながら冒険《ぼうけん》して……」

その記憶《きおく》といっしょに、かくし神に見つかった場面を思い出した。

「ごめん、のぼっちゃいけなかった。お話の中でも、二人は階段《かいだん》をのぼって、かくし神に追いかけられるんだ」

足元がおぼつかなくて、走るのにも限界《げんかい》がある。それに比《くら》べて、かくし神の足は速い。ぺったんぺったんと地面に貼《は》りつくような足音が、ぐんぐん近づいてくる。

「待って！」

足を踏《ふ》み出《だ》した葉月を、未央がぐいっと引《ひ》っ張《ぱ》った。思わずふらついて、よろけそうになる。「何をするの!?」と言いかけて、すうっと血の気が引いた。

「階段が……ない」

階段は、残り三段しかなかった。途中《とちゅう》でとぎれて、そこから先は真《ま》っ暗闇《くらやみ》だ。ぞくりとして、未央のおかげで助かったと思った。

それなのに、かくし神はまだ追ってきている。「だ〜れ〜だ〜」という声が近づいてきた。

「どうしよう……」

葉月と未央は両手を握《にぎ》りあった。互《たが》いにふるえながら、階段の下を見る。

ぺたん、ぺたん、ぺたん、ぺたん。

かくし神が、ぬうっと姿《すがた》を現《あらわ》した。

耳まで裂《さ》けた口、ぎょろりと飛び出た目、髪《かみ》はぼさぼさで、やせた体にボロボロの布《ぬの》を巻《ま》きつけている。

恐怖《きょうふ》で、声も出なかった。

「みーつけたぁ」

耳まで裂《さ》けた口がさらに広がって、にたっと笑ったようだった。長い爪《つめ》を持った手が、こちらに伸《の》びてきて後ずさる。

一段《だん》のぼり、二段のぼり、三段のぼった。

もう、後がない。

足元を照らしていた光るくらげたちが、呼吸《こきゅう》をするように、大きくなり小さくなりしながら、ふわふわと宙《ちゅう》をただよっている。丸いぶよぶよしたところから、足のようなものが出て、くねくねとゆれていた。

「みーつけたぁ」

もう一度、かくし神の手が伸びてきて、二人の足首をつかもうとした。

その爪を避《よ》けようと、片足《かたあし》をあげる。

葉月と未央の体がぐらりと傾《かたむ》き、抱《だ》きあうようにして、階段から宙に舞《ま》った。

落ちるっ！

その瞬間《しゅんかん》、頭の中にひらめいた。

かむ。

「未央、つかんで！」

葉月は、夢中《むちゅう》で目の前にゆれている、光るくらげの足をつかんだ。一瞬《いっしゅん》遅《おく》れて、未央もつかむ。

くらげの頭が、光りながらパッと開いた。落下傘《らっかさん》のようになって、ゆっくりと宙《ちゅう》をただよう。葉月と未央は、くらげの足にしがみついた。そのまま、ゆらゆらと舞《ま》い続《つづ》ける。

「……よく、思いついたね」

未央が、恐《おそ》る恐《おそ》る声を出した。

「これも、本に書いてあったよ。思い出すのがぎりぎりで……ごめん」

「そういえば、本屋さんの子も、『ぎりぎり』って言ってたね」

言われて、あの不思議な男の子のことを思い出した。未央も同じようなことを言われたのかと思ったら、こんなときなのに、ぷっとふきだしてしまった。

「かくし神、もう追いかけてこないかな」

「わからない……かくし神は、思い出を取《と》り戻《もど》すために入ってきた者を許《ゆる》さないから」

本の中で、二人はしつこく追いかけられていた。それが、ドキドキしておもしろかったのに、読むのと体験するのとでは大違《おおちが》いだ。

「わたしたち……何かなくしたっけ」

「え？」

未央に聞かれて、葉月は首をかしげた。

「だって、かくし神は、思い出を取《と》り戻《もど》そうとする人を追いかけるんでしょう？」

「うん」

「ということは、わたしか葉月のどちらかのものが、うばわれたんじゃない？」

そう言われて、葉月も考えてみたけれど……。まさか、未央との友情《ゆうじょう》とか？　そんなこと、口にできない。

「心当たりないよ」

「そっか……、わたしも」

どうして追いかけられるのかわからなくて、ますます不安になる。

ゆらゆらと風にながされていた、くらげの落下傘《らっかさん》が、ゆっくりと下におりていった。靴《くつ》の先が、とんっと地面に触《ふ》れる。ふわっとした、土の上だった。周りが木々に囲まれた、森のようなところだ。

「ずいぶん、深い底のほうまで来ちゃったね」

「うん……」

くらげが、また宙《ちゅう》をただよいはじめて、あたりを照らしてくれた。森の中に、家が二つ、ぬっと現《あらわ》れた。ひとつは、きれいで豪華《ごうか》な、お城《しろ》みたいな洋館。もうひとつは、今にもつぶれてしまいそうな、不気味なあばら家。それらのドアが、右と左、並《なら》んでこちらを向いている。

「中に入らないといけないのかな」

「入らないっていう選択肢《せんたくし》もあるよね」

葉月は迷《まよ》った。どう考えても、右の洋館のほうが安心感がある。でも、これは罠《わな》かもしれないし……。

葉月は頭をかかえた。

「わかんない」

考えれば考えるほど、迷ってしまう。

「ごめんね、未央。わたし、役に立てなくて」

「ううん。葉月だけに任《まか》せている、わたしもいけない」

未央の声が、パッと明るくなった。

「じゃあさ、ジャンケンで決めない？　葉月が勝ったら右、わたしが勝ったら左、あいこだったら、どちらにも入らないで森に逃《に》げる」

葉月と未央は、うなずきあった。

そのとき、ぺったん、ぺったんという足音が聞こえてきて、ドキッとした。

「ど〜こ〜だ〜」という声がする。

「まずい、早くしよう！」

気持ちが焦《あせ》った。

ぺったん、ぺったん、ぺたんぺたんぺたん。

「ジャンケン……」

未央がグーを出す。一瞬《いっしゅん》遅《おく》れた葉月は、反射的《はんしゃてき》にパーを出してしまった。

「ごめん、後出しになっちゃった！」

「そんなこと言ってる場合じゃないよ！」

かくし神の姿《すがた》が見えた。二人を見つけて、すごい勢《いきお》いで走ってくる。

未央は葉月を引《ひ》っ張《ぱ》って、右側の高級そうなドアの前に立った。二人で取っ手をつかむ。

「せーのっ」

ぐいっと引いて、飛《と》び込《こ》んだ。ドアを閉《し》めて走る。うそみたいに天井《てんじょう》が高くて、突《つ》き当《あ》たりが見えないほど奥《おく》が深い。部屋は壁一面《かべいちめん》が本棚《ほんだな》で、数えきれないほどの本がずらりと並《なら》んでいた。

天井には、ポスター、写真、幼稚園《ようちえん》の子が描《か》いたような絵が貼《は》ってある。床《ゆか》の上には、折り紙や工作物なんかが置いてあった。

「なんなの？　ここ……」

未央が、あっけに取られている。

「ここは、かくし神のすみかだよ！　うばった思い出を集めているところ」

また間違《まちが》えたほうを選んで、最悪のところに逃《に》げ込《こ》んでしまった。

「わたしのせいだ。ジャンケンで、後出ししちゃったから」

後悔《こうかい》しながら、葉月はうなだれた。

「まったく、葉月はあわてんぼうだからね」

未央は責《せ》めもしないで、葉月の丸まった背中《せなか》をパシンッとたたいた。

「もう！　それ、関係ある？」

おかげで葉月も気おくれせずに、走りながら笑うことができた。

やっぱり、わたしにとって、未央が一番たいせつな友だちだ。友情《ゆうじょう》は、うばわれたりしていない。

じゃあ、いったい何をうばわれたんだろう……。

「……そういえば」

葉月は、本屋の男の子の言葉を思い出した。

「ねぇ、本屋の子が言ってたの。『かみかくし』の『かみ』は、糸へんの『かみ』だって」

「糸へんの『かみ』？　それって……」

葉月と未央は、顔を見合わせた。

「紙かくし⁉」

同時に叫《さけ》んだ。そして未央が、「あれ！」と言って指をさす。

その先を見ると、まだ整理されていないようなものが積まれた山のてっぺんに、ミント色の本があった。

「あれは落としたんじゃなくて、かくし神にうばわれたんだ！」

そうか……ここにあるのは、全部紙でできている。工作物も、よく見ると紙ねんどや段《だん》ボールで作られたものだ。

「でも、どうしてあの本をうばったんだろう」

葉月はつぶやいた。あの本は、葉月にとってたいせつな思い出ではあるけれど、この間まで忘《わす》れていたものだ。紙かくしされたとしても、そのまま忘れてしまいそうなのに……。

そのとき、ハッとした。どうやって二人が元の世界に帰れたのか、思い出した。

「あの本があれば、帰れるかもしれない！」

「え？　どういうこと？」

「本の中では、たいせつな思い出をうばいかえして、二人は元の世界に戻《もど》れたんだよ！」

それで、ハッピーエンドだっけ？　ううん、まだ続きがあったような……。

「わたし、とってくる！」

未央が、高く積み上げられた山にふみ込《こ》んだ。崩《くず》れそうになる紙の山に手をかけ、必死に登りはじめた。

ぺったん、ぺったんという、足音が近づいてくる。

「お～れ～の～も～の～」

かくし神に、じゃまされないようにしなくちゃ……！

葉月は、その辺にあるものを投げつけようとした。でも、あるのは紙ばかりで、投げても威《い》力《りょく》がなさそうだ。困《こま》っていると、紙の山のあちこちが光りはじめた。

紙ねんどで作った犬が動き出して、「う～」とうなり声をあげ、かくし神にかみつく。段《だん》ボールで作られたロボットも攻撃《こうげき》しはじめた。

かくし神は、それらを振《ふ》り払《はら》いながら暴《あば》れている。

「すごい……」

思い出たちが、応援《おうえん》してくれている。葉月のそばで、トイレットペーパーが光っていた。これが思い出？　と首をかしげながら、かくし神に向かって投げつけた。すると、しゅるしゅると伸《の》びて、かくし神をぐるぐる巻《ま》きにしてくれた。

「やった！」と思ったけれど、紙だから、すぐにやぶれてしまう。

紙飛行機、お菓子《かし》の箱、牛乳《ぎゅうにゅう》パック……手当《てあ》たり次第《しだい》、どんどん投げた。かくし神は、ひとつも逃《のが》すまいとするように、長い手足を伸《の》ばして、ひょいっひょいっと器用につかむ。

手が疲《つか》れてきた。はあはあと、息が切れる。葉月の投げる勢《いきお》いが弱くなってきた。

「未央、わたし、もう……」

じりじりと、かくし神が近づいてくる。見上げると、未央は山のてっぺんのほうにいた。

「もうちょっと……とった！」

未央は本を抱《だ》きしめて、山からザーッと滑《すべ》り降《お》りてきた。

「おいてけ〜」

かくし神の手が伸びてきて、葉月と未央は走り出した。

「おいてけ〜」

しつこく、追いかけてくる。長い手が、未央の肩《かた》をぐいっとつかんだ。

「あ！」

「未央！」

振《ふ》り向《む》いた葉月の伸ばした手が、未央が持っているミント色の本に触《ふ》れる。

とたんに本が光り、道の行く先も強く光った。

出口だ！

でも、未央の体は、かくし神の手に引《ひ》っ張《ぱ》られて……。

帰るんだ、二人で！

「あっちに行って！」

葉月は、とっさに手に持っていたものを、かくし神に向かって投げつけた。すると、かくし神の手が未央から離《はな》れ、

「もらった〜」

と言って、それをつかんだ。

そのすきに、葉月と未央は手をとりあって、光の中に飛《と》び込《こ》んだ。

セミの声が、ぐわんぐわんと耳に鳴《な》り響《ひび》いた。

あまりのまぶしさに、目を開けることができない。夏の日差しがふりそそぐ、熱のこもったアスファルトの道に、二人は立ちすくんでいた。商店街を抜《ぬ》けたところの道だ。

「戻《もど》った……」

「うん……」

葉月と未央は手をとりあって、その場にへたり込《こ》んでしまった。

お豆腐屋《とうふや》さんの「パープー」という音が、どこかから聞こえてきて、その平和すぎる音に笑いが込みあげてくる。安全を確認《かくにん》しあうように、二人はひとしきり笑った。

「なんか、夢《ゆめ》を見てたみたい」

「ずいぶん、リアルな夢だったけどね」

はあっと息をついて、葉月は立ち上がった。未央の手をとって、ぐいっと引き上げる。

葉月と未央は、向かいあった。

「さっき、かくし神に何を投げつけたの？　かくし神が受け取ったってことは、たいせつな紙だったんじゃない？」

未央に言われて、首をふる。

「紙だけど……ただの紙袋《かみぶくろ》」

きっとかくし神も、中の靴下《くつした》はいらなかったと思う。

葉月は、本の内容《ないよう》をすっかり思い出していた。かくし神がうばうのは、強い思いが込められた紙。それは忘《わす》れられたあとも、人の心を惑《まど》わすことがあるという。だから、かくし神はそっと持っていって、あの部屋で永遠《えいえん》に守るのだ。

「未央、ごめんね。わたし……」

「これ、取《と》り戻《もど》せてよかった」

葉月の言葉をさえぎって、未央がミント色の本を差し出した。

「はい。これ、葉月にプレゼントしようと思ってたんだ」

「え？　わたしに？」

「この本、絶版《ぜっぱん》になって残念だって、言ってたでしょう？」

あ……。

葉月は、そんなことを未央に言ったことさえ忘《わす》れていた。でも、未央は覚えてたんだ。

わたしがこの本を好きだと言ったこと。探《さが》していたこと。絶版になって悔《くや》しがっていたことも……。

「……ありがとう」

ミント色の本の表紙には、『思い出のかみかくし』という題名と、二人の女の子が描《えが》かれていた。葉月と未央のように、手をしっかりと握《にぎ》りあっている。

小さいころ、わたしはこの本で、本の楽しさを知った。ドキドキも、わくわくも、喜びも悲しみも、この本で知った気がする。

「わたし、夏休みになったら引《ひ》っ越《こ》すの」

「え!?」

息が止まった。

「うちのお父さん、失業しちゃって、ずっと仕事を探《さが》してたんだ」

無理やり笑っている未央の目が、うっすらと赤くうるんでいた。

「それで、やっと見つかったんだけど、今の家からは遠くて……」

「そんなの……知らなかった」

葉月の声がかすれた。

「ごめん。なんか、言えなくて……」

未央に言われて、葉月は返す言葉もなかった。そんな大事なことを言えなくしたのはわたしだ。おしゃれをしようよなんて、のんきなことを言って、未央を困《こま》らせて……最低だ。

「つらくて……こんなにつらいなら、葉月と友だちじゃなかったほうがよかったかも、なんて思ったくらい。だからこんな世界、なくなっちゃえばいいなんて、思ったりもしたけれど」

涙《なみだ》を飲みこんだ未央が、顔をあげてにっこりと笑う。

「でも、何があっても、葉月とだから乗り切れた。やっぱり、葉月と友だちになれてよかった。ありがとう」

そして、もう我慢《がまん》できないというように背中《せなか》を向けると、パッと駆《か》け出《だ》した。

葉月は、何も言えず、一歩も動けない。ただ、本を抱《だ》きしめて、その場に立《た》ち尽《つ》くした。

葉月は、ぼんやりと歩いた。何も考えられない。

気がつくと、あの本屋の前にいた。あてもないのに、引き戸をガラガラと開ける。

「いらっしゃい。帰ってこられてよかったね」

葉月を待っていたかのように、男の子が立っていた。何もかもわかっているような口ぶりに、頭にカッと血がのぼる。

「よくないよ！　危《あぶ》ないところだったんだからね」

その子のせいじゃないとわかっているけれど、止まらなかった。

「それに、わたしはたいせつなものをなくした……。未央は、もう……」

『思い出のかみかくし』には、まだ続きがあった。

なくしたものは、スケッチブックだった。それを取《と》り戻《もど》して、主人公は元の世界に戻れたのに、友だちになった少女は消えてしまう。その少女は、スケッチブックに描《か》かれた、絵の中から出てきた子だったから……。まだ小さかったわたしはびっくりして、しばらく本を持ったまま茫然《ぼうぜん》とした。本を抱きしめて、わあわあ泣いたことを覚えている。

「未央を失うくらいなら、本なんて、どうでもよかったのに」

わたしは、いつも後悔《こうかい》ばかりだ……。

「本当に、どうでもいいの？」

男の子が、目を丸くした。

「あの子は、そんなふうに思ってなかったと思うな。だからがんばって、かくし神から本を取り返したんだと思うよ」

そう言われると……。

未央が、必死になって山のてっぺんに登っていったのを思い出した。

「その本は、きみに必要なはずなんだ」

葉月は、本を見つめた。忘《わす》れかけていたこの本が、どうして必要なんだろう。

すると、男の子がにやっと笑った。

「そういえばあの子、ペンを貸《か》してくださいって、本の後ろのほうに、何か書いてたなぁ」

え？　と思って、葉月は『思い出のかみかくし』を広げた。パラパラとめくると、友だちと別れる悲しいシーンが目に入る。

そして、ラストのページをめくると……。

そこには、住所が書いてあった。

「これ……未央の新しい住所？」

「そうみたいだね。この本に書いておけば、あわてんぼうのきみだって、なくすことはないと思ったんじゃない？」

未央ったら……。微笑《ほほえ》みながら、泣きたいような気持ちになる。どうしてこの本を取《と》り戻《もど》さなくちゃいけなかったのか、やっとわかった。

「でも、こんなに遠いところじゃ、もう会えないよ」

心細い声をあげる葉月を見て、男の子はまた笑った。

「人間の世界には、バスとか電車とか、いろいろ便利なものがあるじゃない。まだ若《わか》いんだから、そんなに大変なことじゃないと思うけど」

あっけらかんと言われると、そうかもしれないという気持ちになる。かくし神に追いかけられたことと比《くら》べたら、どんなことだってできそうな気がした。

それにしても、まだ若いなんて言いかた……。

「あなたって、子どものくせに、おじいちゃんみたいなことを言うんだね」

葉月は、目の前の男の子を見ながらあきれた。どう見ても同い年くらいなのに、おかしなことを言ったり、年寄《としよ》りみたいなことを言ったり、いったい、何者？

「まぁ、子どもといっても、かれこれ三百年ほどやっているからね。きみたちとは、年季《ねんき》が違《ちが》うんだ」

もう我慢《がまん》できなくて、アハハと笑った。

おかしな書店の、おかしな、なぞの男の子。でも、おかげで元気が出てきたかも。

後悔《こうかい》なんて、しているひまはない。引《ひ》っ越《こ》す前に、未央ともっとたくさん話しておかなくちゃ。これからのことも……。

そう思ったら、いてもたってもいられなくなった。

「また来るね！」

葉月は男の子に手をふって、夏の日差しでいっぱいの外に飛び出した。

魔《ま》本《ほん》、妖《よう》本《ほん》にご用心！

廣嶋玲子

しくじった。ほんとにやべえ！

自分の机《つくえ》の前で、菊川健介《きくかわけんすけ》は頭をかかえていた。

机の上には、百円玉が三枚《まい》、五十円玉一枚、一円玉が四枚ある。この三百五十四円が、今の健介の全財産《ぜんざいさん》だ。つい数日前までは、千五百円あったのだが……。

スーパーの二階にあるゲームコーナーで、無駄遣《むだづか》いをしてしまったのがまずかった。あのときは友達の荒太《あらた》や悠司《ゆうじ》といっしょで、誰《だれ》が先に景品を取れるか、ついつい競争してしまったのだ。

いや、そのあとにコンビニで新作ジュースを買ってしまったのも、よくなかった。あれを買わなければ、まだ五百円は残っていたはずなのに。

いちばんまずいのは、明日《あした》が妹のりおの誕生日《たんじょうび》で、なにかプレゼントすると約束してしまっていることだ。三百五十四円。これで、りおが喜びそうなものが買えるだろうか？

「無理、だよな？」

お母さんに頼《たの》んで、来月分のおこづかいを早めにもらう？　だめだ。そんなことしたら、ゲームでお金を使ったことがばれてしまう。そうなったら、めちゃくちゃ怒《おこ》られるだろう。

とにかく、家にいてもしかたない。明日《あした》の誕生日《たんじょうび》まで時間がないのだ。外に出て、あちこちお店を見てみよう。もしかしたら、なにかいいものが見つかるかもしれない。

全財産《ぜんざいさん》をサイフに入れて、健介は外に出ていった。ここは小さな町なので、しょぼい商店街とスーパーとコンビニくらいしか、買い物できるところがない。

まずは商店街のおもちゃ屋に行った。何十年も前に流行《はや》ったような薄汚《うすよご》れたぬいぐるみオルゴールが店先に並《なら》び、やたら古そうなプラモデルの箱が積み重なっている、ほこりくさいおもちゃ屋だ。それでも、新しく発売された女の子用の人形や、ちょっとしたきらきらのアクセサリーなんかもある。

だが、高い。いいなと思うものは全部、三百五十四円では買えないものばかりだ。千円あれば余裕《よゆう》で買えただろうし、ぎりぎり五百円でもなにか見つけることはできたはず。

そう思うと、ますます無駄遣《むだづか》いをしたことが悔《く》やまれた。結局、景品も取れなかったし。小学五年生にもなって、こんな考えなしのお金の使い方をしてしまうとは。自分で自分が情《なさ》けない。

いったん、おもちゃ屋を出て、本屋にも行ってみた。りおは絵本が大好きだから、本のプレゼントも喜ぶかもしれない。

が、絵本はおもちゃよりも高いものが多かった。

「……やばい」

ますます追いつめられてきた。もう一度、おもちゃ屋に戻《もど》って、ねばりづよく安いものを探《さが》してみるしかないだろうか。

だが、本屋を出たとき、同じクラスの女子、葉月《はづき》と出くわした。商店街の向こうから、足取りも軽くやってくる。

その顔を見たとたん、ぴんと、健介は閃《ひらめ》いた。

そうだ。葉月なら、安くて幼稚園《ようちえん》の女の子が好きそうなものを知っているかもしれない。

学校の外で女子に声をかけるのは、けっこう勇気がいることだ。それでも健介は葉月を呼《よ》びとめた。

「葉月！」

「あ、菊川君」

「わりぃ。ちょっと教えてくんないかな？　おれの妹が明日《あした》、誕生日《たんじょうび》なんだ。安くてかわいいものとか、小さな女の子が好きなものとか、なにか知らないか？」

「それって、プレゼントのアドバイスをしてくれってこと？」

「ま、まあな。あんまり金はないから、ほんとに安いやつじゃないと困《こま》るんだけど」

「……だいぶ、困《こま》ってるみたいね。もしかして、ぎりぎり状態《じょうたい》？」

「…………」

恥《は》ずかしくて情《なさ》けなくて、健介は答えることもできなかった。

と、葉月はいたずらっぽく笑ったのだ。

「それなら、いいお店があるよ」

「まじか！　教えてくれ！」

「ほら、商店街の外にある、もう一軒《けん》の本屋さん。あそこなら、妹ちゃんにぴったりのものがなにか見つかると思う」

「え、あそこ？」

健介はとまどった。

この商店街を抜《ぬ》けて、最初の細い横道に入ると、その突《つ》きあたりに一軒の本屋がある。看板《かんばん》はかすれてほとんど読めず、中はうす暗くて、お客なんてまるで入らないような本屋だ。もちろん、健介も入ったことはない。見向きもせずに通《とお》り過《す》ぎるだけの店だ。

「あの、小さな本屋のことか？　古くて暗くて、外からあんまり中が見えない店のことだよな？」

「うん」

「……あんなところに、いいものなんてなさそうだけど」

「そんなことないんだって！　おすすめなんだから。まあ、確《たし》かに入りにくい感じだけど、中はすごいから。実際《じっさい》に入ってみれば、わかるから。困《こま》っているなら、きっと助けてもらえるよ。だから行ってみなよ」

そこまで言われては、「行ってみるよ」と、うなずくしかなかった。

葉月に礼を言い、健介は商店街の奥《おく》へと歩き出した。溺《おぼ》れる者は藁《わら》をもつかむという。今の健介も同じ気持ちだった。

正直、あんなおんぼろ書店にいいものがあるとは思えない。でも、葉月の言葉を信じてみたい。あんなに熱心にすすめてくれたのだから。

健介は商店街を抜《ぬ》け、うらさびしい横道に入った。その奥には、いかにも古びた家が一軒《けん》だけあった。それが、葉月の言っていた本屋だ。

本当にぼろいなと顔をしかめながら、健介はガラスをはめこんだ引き戸を思い切って開けてみた。

初めて入るおんぼろ本屋の中は、意外なことに、けっこうきれいだった。そして、びっくりするほど広かった。学校の図書室くらい、あるのではないだろうか。外から見たときは、すごく小さく見えたのに。

それに天井《てんじょう》も高く、その天井に届《とど》きそうなほどの本棚《ほんだな》がずらっと並《なら》んでいる。どの本棚も、上から下まで本でいっぱいだ。

「すっげ」

圧倒《あっとう》されていると、声をかけられた。

「なにか探《さが》してる？」

すぐそばにレジカウンターがあり、そこに男の子がいた。同い年くらいだろうか。色白で、なんとなくすました顔つきの男の子だ。切れ長の目が、どことなく狐《きつね》を思わせる。

この本屋の子かなと思いながら、健介はうなずいた。

「ちょっと絵本がないかなって」

「絵本コーナーはそっち。いちばん左の本棚だよ」

「ありがと」

左の本棚に行ってみると、確《たし》かにそこには絵本がたくさんあった。色とりどりの表紙絵が、「こっちを見て」と呼《よ》びかけてくるようだ。しかも、なんとも嬉《うれ》しいことに、「激安《げきやす》コーナー」と書かれた棚まであるではないか。

そこの棚で、健介は一冊《さつ》の絵本を見つけた。

表紙には、冠《かんむり》をかぶった女の子が金貨の山の上にこしかけ、大きな黒いドラゴンとお茶を飲んでいる絵が描《か》かれている。タイトルは、『お姫《ひめ》さまのふきげんな一日《いちにち》』。中の絵も、きれいでかわいい。きらきらものが大好きで、「お姫さまになりたい！」と言っているりおにはぴったりかもしれない。

これにしようと、決めた。

あとは値段《ねだん》だ。頼《たの》むから三百五十四円以内であってくれ！　激安《げきやす》なんだから、そのくらいで買わせてくれよ！

祈《いの》るような気持ちで、裏側《うらがわ》にはってある値札《ねふだ》シールを見た。

三百六十円。

がーんときた。

三百六十円。なんて、中途半端《ちゅうとはんぱ》な値段をつけるんだ。ここは三百円とか三百五十円とか、そういうきりのいい値段であるべきだろ？

だが、何度見ても、三百六十円。三百五十四円にはならない。

たった六円足りないだけで、おれはこの本を買えないのか！　いやいや、頼めば、もしかしたら値引きしてくれるかも。店番をしているのは、自分と同じくらいの男の子だ。おこづかいが足りないつらさを、わかってくれるに違《ちが》いない。

そんな期待を胸《むね》に、健介は絵本を持ってレジカウンターへと向かった。

近づいてくる健介を見て、男の子は先に声をかけてきた。

「買いたい本が見つかったんだね？」

「う、うん。ただ、これ、ちょっと値引《ねび》きしてくれない？」

猫《ねこ》なで声《ごえ》で言う健介に、たちまち男の子の顔が厳《きび》しくなった。

「うちはそういうの、お断《ことわ》り。第一、その本はもう十分すぎるほど安くなってるよ」

「わかってる。わかってるけど、あと六円！　六円だけ値引きしてほしいんだ！　頼《たの》むよ！

妹の誕生日《たんじょうび》なんだ。プレゼントしてやりたいんだよ！」

おがみこむ健介を、男の子は鋭《するど》い目で見ていた。やがて、その口元に淡《あわ》い笑《え》みが浮《う》かんだ。

「……値引きはできない。でも、バイトするなら、その本を六円引きで売ってあげるよ」

「バイト？　ここで？」

「そう。足りない分は労働で支払《しはら》ってもらうってこと。やる？　それともやめる？」

「やるよ！」

健介は即答《そくとう》した。手持ちのお金でこの絵本を買えるなら、なんだってやってやる。

鼻息を荒《あら》くする健介に、「ついてきて」と、男の子は言い、そのまま奥《おく》へと案内してくれた。奥には下へと続く階段《かいだん》があった。下を向いた矢印と、「トイレ」と書かれた貼《は》り紙《がみ》が壁《かべ》にはってある。

その階段《かいだん》をおりていくと、そこには広々とした空間が広がっていた。うす暗くて、奥《おく》までは見通せないが、恐《おそ》ろしく広いというのは感じられる。それでいて、いろいろな物がごちゃごちゃと置いてあった。段《だん》ボール箱《ばこ》や紙束などがうずたかく積み重なり、使われていない本棚《ほんだな》もまとめて置いてある。

そして、本が大量にあった。ここはまさしく本の海だ。

「なに、ここ？」

「倉庫だよ。お店に並《なら》べられない本は、ここにしまっているんだ。虫干《むしぼ》しなんかもしなきゃいけないし。でも、ちょっと困《こま》ったことになってね」

男の子は顔をしかめてみせた。

「退屈《たいくつ》した本が数冊《すうさつ》、脱走《だっそう》したんだ。いたずらものの本ばかりだから、ほかのまじめな本にちょっかいをかける前に、なんとか捕《つか》まえたい。ってことで、はい、これ」

男の子はどこからともなく虫網《むしあみ》をとりだし、健介に押《お》しつけてきた。健介は虫網を受け取ったものの、どうしたらいいか、わからなかった。

本が脱走？　いたずらもの？　捕まえる？　なに言ってるんだ、こいつ？

やっとのことで聞き返した。

「まじで言ってんの？」

「おおまじだよ。ぼくじゃだめなんだ。逃《に》げた本たちはぼくの前には出てきてくれないからね。でも、きみみたいな子どもが相手なら、おもしろがって出てきてくれるはず。そこをこの虫網《むしあみ》でとっ捕《つか》まえてほしい」

気をつけてねと、男の子はまじめな顔で言葉を続けた。

「本たちは、捕まりたくないから、自分の物語に出てくるキャラクターを出して、きみにけしかけてくるはずだ。まずいと思ったら、これを使って」

男の子は、今度は小さな香水瓶《こうすいびん》みたいなものをさしだしてきた。中には琥珀色《こはくいろ》の液体《えきたい》が少しだけ入っている。

「なにこれ？」

「本酔《ほんよ》いスプレー。本に向かってふきかけると、少しの間、本や本が出してきた障害物《しょうがいぶつ》の動きを止められる。でも、量は少ないから、気をつけて使って。くれぐれも無駄遣《むだづか》いしないようにね」

「……無駄遣いしたら、どうなる？」

「そうだなあ。ジャングルで虎《とら》に出くわしたのに、持っている銃《じゅう》に弾《たま》が入っていませんでした、みたいな感じになるかな」

静かな口調に、健介はかえってぞっとした。こんな奇想天外《きそうてんがい》な話、信じるわけじゃないけれど、やっぱりそういうことを言われるのはいやだ。

「それって、超危《ちょうあぶ》ないってことじゃないのか？」

「やめたい？　きみ次第《しだい》だよ。でもさ、妹に絵本を買ってあげたくないの？」

健介はぐっとつまった。やめたほうがいいと、心がささやいている。こんなおかしなことを言うやつに、これ以上関わらないほうがいい。とっとと、この本屋から逃《に》げるんだ。でも、手ぶらで帰るのか？　いや、そういうわけにはいかない。どうしても、あの絵本は必要だ。

結局、健介はスプレーも受け取ってしまった。

最後に、男の子はリュックサックを渡《わた》してきた。捕《つか》まえた本を入れるためのものだという。

「じゃ、行ってきて。がんばってね。期待してるから」

そう言って、男の子は上へとあがっていってしまった。

一人残された健介は、恐《おそ》る恐《おそ》る倉庫のほうを見た。ごちゃごちゃとしていて、そのくせ恐ろしく広くて、うす暗い。静まり返っているのに、なにかが潜《ひそ》んでいるような気配がするのが、とても不気味だ。

ばからしい。なにを怖《こわ》がることがある？　逃げた本とか言ったけど、ほんとは逃げたカブトムシとかなにかさ。だから虫網《むしあみ》を渡されたんだ。そうさ。あんなの、ほんの冗談《じょうだん》さ。からかってるんだ。やなやつだよな。

自分に言い聞かせながら、健介は倉庫へと踏《ふ》みこんでいった。しんしんと、暗闇《くらやみ》が濃《こ》くなっていく気がして、どんどん怖《こわ》くなっていく。

それにしても、なんでこう静かなんだ？ それに広すぎるぞ。何十メートル、いや、何百メートルも続いているみたいだ。いくら暗いからといって、全然奥《おく》の壁《かべ》が見えてこないって、どういうこと？

倉庫に満ちているにおいにも、健介は落ち着かなかった。

古い紙のにおい、ほこりのにおい、なんだかよくわからないにおい、それにココアのにおい。

「ココア？」

くんくんと、空気を嗅《か》いでみた。間違《まちが》いない。甘《あま》いココアのにおいがする。すごくおいしそうだ。

なぜか急に甘いものがほしくなった。というより、このココアが飲みたくてたまらない。本のことなどすっかり忘《わす》れ、夢中《むちゅう》でにおいをたどっていった。

そして見つけた。

大きな段《だん》ボール箱《ばこ》の上に、マグカップが一つあった。黒いマグカップには、とろりとしたチョコレート色のココアが湯気を立てている。

ごくりと、健介はつばを飲んだ。

こんなところにココアがあるなんて、どう考えてもおかしい。だが、飲みたい。そうだ。あの男の子だ。あの子が淹《い》れて、ここに置いていってくれたのかもしれない。きっとそうだ。こうやって湯気も出ていて、淹れたてって感じだし。

頭ではなにかがおかしいと思いつつ、ココアの誘惑《ゆうわく》には勝てず、健介はマグカップを手にとった。そうして飲もうとしたときだ。くすくすと、小さな笑い声が上から降《ふ》ってきた。

はっと見上げると、本棚《ほんだな》の上に若《わか》い女の人がこしかけていた。漆黒《しっこく》のドレスをまとい、髪《かみ》は燃《も》えるように赤く、顔は美人なのに残酷《ざんこく》そうだ。銀の蜘蛛《くも》の首飾《くびかざ》りをつけ、まるでバッグをぶらさげるかのように、腕《うで》から黒い鍋《なべ》をぶらさげている。

女の人はにこりと笑って、綿毛《わたげ》のように軽《かろ》やかに健介の前にとびおりてきた。

「どうしたの？　飲まないの？　あなたのために淹れたココアなのよ？」

甘《あま》い声に、健介は頭がくらくらした。

この人、めっちゃ好きだ！　言うことを聞かなきゃ！　おれのために淹れてくれたココア？　飲む飲む！　飲まなきゃ死んでしまう！

「いただきます！」

「いい子ね」

さらに笑いかけてもらい、健介は天にものぼる心地《ここち》になった。

もっとこの人を喜ばせなきゃ。

急いでマグカップを口元に運ぼうとしたときだ。

「ひひひっ！」

女の人がぶらさげている鍋《なべ》が、小さな笑い声をもらした。いやらしい笑い声に、健介は思わず鍋を見てしまった。

全部真っ黒と思いきや、鍋にはロゴマークがついていた。クルミくらいの大きさの、本の形をしたロゴマーク。いや、違《ちが》う。本物の小さな本が、鍋にはめこまれているのだ。

健介がそう気づくのと同時に、「いけね！ 見つかった！」と、本が叫《さけ》んだ。

ぱっと、まるで蝶《ちょう》のように、小さな本が鍋から飛び立った。

逃《に》がしちゃだめだ！

マグカップを放り出し、無我夢中《むがむちゅう》で健介は虫網《むしあみ》をふるった。そうしてみごと、本を捕《つか》まえたのだ。

とたん、網がずしっと重くなった。見れば、普通《ふつう》のサイズの本が、網の中にあった。恐《おそ》る恐《おそ》るつついてみたが、まったく動かない。本のタイトルは、『魔女《まじょ》の誘惑《ゆうわく》レシピ』で、表紙には、黒いドレスをまとった赤毛の美人が、大鍋《おおなべ》をかきまぜている絵が描《えが》かれていた。

この絵、あの人にそっくりだ。蜘蛛《くも》の首飾《くびかざ》りをしているところまで、同じじゃないか。

慌《あわ》ててまわりを見たが、女の人は消えていた。投《な》げ捨《す》てたマグカップも、飛び散ったはずのココアも、まったく見当たらない。

しばらく呆然《ぼうぜん》としていた健介だが、少しずつ頭がさえてきた。

まず思ったのは、男の子が言っていたのは全部本当のことだったということだ。それに、仕組みもなんとなくわかった。

本は、中に出てくるキャラを動かし、自分はどこかに隠《かく》れているのだ。それを見つけて、網《あみ》で捕《つか》まえれば、もう動かなくなるってことだ。本が出していた幻《まぼろし》も消えて、安全になる。

「でも……もし、あのココア飲んでたら……どうなってたんだ？」

この『魔女の誘惑レシピ』を読めば、それがわかるかもしれない。でも、健介はどうしても本のページをめくれなかった。読むのが怖《こわ》すぎたのだ。

とりあえず、この本をあの子のところに持っていこう。逃《に》げた本があと何冊《なんさつ》あるのか知らないが、この一冊を捕まえたってことで、六円分の働きは十分にしたはずだ。

動かぬ本をリュックサックに放りこみ、健介は急いであの階段《かいだん》へと戻《もど》ろうとした。だが、なんだか方向がわからない。どちらを向いても、同じように見える。

「くそ！　ここで迷子《まいご》なんて、しゃれになんないぞ！」

腹《はら》を立てながら、とりあえず小走りで進み出した。だが、やはり違《ちが》う方向に来てしまったようだ。階段《かいだん》はまったく見えてこない。

別のほうへ進んでみようと、大きな本棚《ほんだな》の角を右へと曲がった。とたん、まぶしい光が目を貫《つらぬ》いた。

「うっ！」

思わず目をかばう健介の耳に、威勢《いせい》のいい声が響《ひび》いてきた。

「おう！　お客さまの到着《とうちゃく》だ！　んじゃ、そろそろ盛《も》りあがっていこうぜ！」

「いええええい！」

ドンと、腹の底に響くような音を合図に、激《はげ》しくのりのいい音楽が始まった。エレキギターにエレキピアノ、それにドラムの音が大渦《おおうず》のように健介をとらえ、包みこむ。

やっとのことで光に目がなれ、健介は前を向いた。

舞台《ぶたい》のように段《だん》ボール箱《ばこ》を並《なら》べた上に、明るい光がそそがれていた。それに照らし出されているのは、三人の若《わか》い男たちだ。ぴちっと、体に張《は》りつくような黒いレザーのパンツをはき、上半身ははだかだ。青、紫《むらさき》、ピンクに染《そ》めた髪《かみ》をふりみだして、それぞれの楽器を奏《かな》でている。

かなりはっちゃけた格好《かっこう》や髪型《かみがた》だが、よく似合《にあ》っている。じゃらじゃらとつけたドクロや牙《きば》のアクセサリーが、これまたかっこいい。

それにしても、この音楽。たった三人きりのバンドなのに、すごい迫力《はくりょく》と音だ。しかも、リズムがすごかった。

ああ、なんだかたまらない！　体が勝手に動き出してしまう。

いつのまにか、健介は踊《おど》り出《だ》しながらステージへと近づいていた。

来なよ。こっちに来な。仲間になれよ。楽しいぜ。

音楽を通して、男たちが呼《よ》びかけてくる。三人とも、きらきらと目が赤く光っている。たてがみのようにふくらませた髪からのぞいているのは、角《つの》だろうか？

いや、そんなことはどうでもいい。それより熱い！　音楽の熱気で、とても服なんか着ていられない。

じゃまな虫網《むしあみ》とリュックサックを投《な》げ捨《す》てて、健介は上着を脱《ぬ》いでしまった。

ついでに、ズボンもいらなくないか？

ベルトに手をかけかけたところで、ふと、ギターをかきならしている紫《むらさきいろ》色の髪の男が目に入った。

男はこちらを食い入るように見ていた。にやりと笑った口から、鋭《するど》い牙がのぞく。それが、熱気にぼうっとしていた健介を、我《われ》に返らせた。

まるで冷たい水をあびせかけられたみたいに、健介はぞっとした。

こいつら、人間じゃない！　鬼《おに》だ！

「う、うわあぁっ！」

逃《に》げようとしたが、鬼たちの音楽が健介の体を縛《しば》っていた。じりじりと引《ひ》き寄《よ》せられ、健介は死ぬほど怖《こわ》くなった。

捕《つか》まったら、どうなる？　頭から食われる？　ああ、そんな気がする！

なにか投げつけてやろうと、ポケットをまさぐると、小さな瓶《びん》が出てきた。本酔《ほんよ》いスプレーとか、あの男の子が言っていたものだ。とにかく、これしか武器《ぶき》になりそうなものはない。

一《いち》か八《ばち》かだと、健介は鬼たちに向かって、夢中《むちゅう》でスプレーをふきかけた。

すりたての墨《すみ》のような香《かお》りが、その場に広がった。

と、男たちが演奏《えんそう》をやめた。とろんとした目となり、だらりと腕《うで》をたれる。

体の縛りが解《と》けるのを感じ、健介はすぐさま逃げようとした。だが、このとき、くしゅんと、小さなくしゃみの音を聞いたのだ。

ふりむけば、ドラムを叩《たた》いていた鬼のごついネックレスから、黒っぽい小さな本が飛び立つところだった。空中に漂《ただよ》っているスプレーの香りから逃げようと、ぱたぱたと、弱々しく飛んでいこうとする。

健介は虫網《むしあみ》をひろいあげ、「うりゃっ！」と、本を捕《つか》まえた。とたん、舞台《ぶたい》を照らしていた明かりも、鬼《おに》たちも消え、健介はまた静かな暗がりへと残された。

「た、助かった……」

へなへなと、健介は床《ゆか》にはいつくばってしまった。

虫網の中では、小さな本は音楽パンフレットのような本へと変わっていた。表紙には派手《はで》な男たちがバンドを組んだ写真が使われており、『鬼《おに》のロックンロール：闇《やみ》ライブ編《へん》』と、血がしたたるような赤い字で書いてある。

泣きそうになりながら、健介は手に入れた本をリュックサックに放りこんだ。

もうごめんだ。早く一階へ戻《もど》らなきゃ。ここはまじで怖《こわ》い。やばいのだ。

見れば、スプレーもほとんど底をつきかけている。あんなにふきつけたりしたからだ。唯一《ゆいいつ》の武器《ぶき》が少なくなってしまったことに、ますます怖くなった。

大急ぎで脱《ぬ》いだ上着を着て、健介は出口を求めて駆《か》け出《だ》した。だが、探《さが》しても探しても、あの階段《かいだん》が見つからない。

なんだよ。なんで見つからないんだよ。二冊《さつ》も捕まえたんだから、もう十分だろ？　おれを帰らせてくれよ！

汗《あせ》だくになりながら、必死で段《だん》ボール箱《ばこ》で埋《う》まった通路を抜《ぬ》けたときだ。ふああっと、淡《あわ》いピンクの光が目の前に広がった。

それは、大きな桜《さくら》の木だった。枝《えだ》には満開の桜が咲《さ》いていて、ちらちらと雪のように花びらが散っている。言葉ではとても表せないような美しさだ。しかも、その下にはたくさんの白い狐《きつね》たちが集まって、赤い敷物《しきもの》をしいて、ごちそうを食べている。

いきなり景色が変わったのには驚《おどろ》いたが、変だと思う前に、健介はこの風景に魅了《みりょう》されてしまった。

いかにも楽しそうなお花見だ。仲間に入れてもらえないだろうか。

勇気を出して、足を踏《ふ》み出《だ》そうとしたときだ。健介は、自分の横に小さな狐がいることに気づいた。ほかの狐たちは真っ白なのに、この狐はしっぽと耳の先が黒い。さびしそうに、うらやましそうに宴《うたげ》をながめている姿《すがた》が気になって、健介はそっと声をかけてみた。

「なあ。あっちに行かないの？」

「え？」

驚いたように、小さな狐は健介を見上げた。それから恥《は》ずかしそうに顔をふせた。

「だめ、だと思うの」

「なんで？」

「あっちの狐《きつね》たちはちゃんとした狐なんだもの。神さまのお使いで、すごく偉《えら》いの。でも、あたいは、まじりものだから」

「まじりもの？」

「うん。あたいは、狐の母さんと人間の父さんとの間に生まれた半狐《はんこ》なの」

「へえ、ハーフってやつだな。かっこいいじゃん」

「か、かっこいい？」

そんなこと初めて言われたと、小さな狐は目をぱちぱちさせた。

「……ありがと。すごく嬉《うれ》しい」

「別にお礼を言われるほどのことじゃないって。……なあ、おれといっしょに、仲間に入れてくれって、頼《たの》んでみる？」

「ううん。やめておく。断《ことわ》られたら、やっぱりつらいもの」

確《たし》かにそうかもしれないと、健介はうなずいた。

「……それじゃさ、おれといっしょにお花見する？　探《さが》せば、もっといい桜《さくら》の木があるかもしれないし。どうよ？」

「……いいね。それって、すごくすてき」

今度こそ、小さな狐は嬉しそうに笑った。その笑顔《えがお》が、健介は気に入った。

「おれ、健介ね。そっちは?」

「こりんよ。……ほんとにいっしょにお花見してくれるの?」

「うん。もちろん」

「それじゃ……健介についていくね」

こりんの姿《すがた》が白い光に包まれた。そのまま、すうっと薄《うす》れていく。

「お、おい! 待てよ! お花見、するんじゃないのか?」

引きとめようと、健介は手をのばした。こりんの前足をつかんだと思ったのだが。気づけば、一冊《さつ》の本をつかんでいた。

びっくりしながら、健介はまじまじとその本を見つめた。けっこう分厚《ぶあつ》い児童書だ。満開の桜《さくら》の木の下に、一匹《ぴき》だけ、小さな白い狐《きつね》が座《すわ》っている。その狐の耳と尾《お》の先は黒かった。『桜《さくら》守《もり》の狐《きつね》』というタイトルが、美しい字で書いてある。

慌《あわ》てて裏表紙《うらびょうし》にあるあらすじを読んでみた。神狐《じんこ》たちから「まじりもの」と蔑《さげす》まれ、春の花見にも参加させてもらえない半人半狐《はんじんはんこ》の子が、大神《おおかみ》の桜を救う旅に出る物語だという。

「こりん……この本のキャラだったのか」

確《たし》かに、この表紙の狐はこりんにそっくりだ。この本にはこりんの物語がつまっているのだ。そう思うと、すごく読みたくなった。これを読めば、またこりんに会える気がする。

だが、ページを開こうとしたときだ。

「あ、終わった？」

今いちばん聞きたくない声がした。

振《ふ》り向《む》けば、あのすまし顔の男の子がいた。

「全部、集められたみたいだね。ご苦労さま。おかげで助かったよ」

そう言って、男の子は健介からリュックサックと『桜守の狐』を奪《うば》っていってしまった。神《かみ》技《わざ》のようなすばやさに、健介にはどうすることもできなかった。

「じゃ、上に戻《もど》ろうか。こっちだよ」

「……うん」

あれほど探《さが》して見つからなかった階段《かいだん》が、すぐ後ろに現《あらわ》れたのには驚《おどろ》いた。魔法《まほう》でもかけられていたかのようだ。

そうして一段ずつ階段をのぼっていき、健介はふたたびあの店内へと戻ったのだ。ようやく現実世界《げんじつせかい》に戻ったような気分となり、健介はほっとした。

「じゃ、レジに来て。そうだ。あの絵本、プレゼント用に包んであげようか？」

「うん」

男の子はレジカウンターに行くと、あの絵本をきれいな包み紙で包み、仕上げに金のリボンをあしらってくれた。立派《りっぱ》なプレゼントの完成だ。

健介は三百五十四円を出して、それを買った。ようやくほしかったものを手に入れられたわけだ。

が、いまいち嬉《うれ》しくなかった。やりたいことを半分しかやりとげていないような、もやもやとした気分だ。

そのまま本屋を出ようとしたところで、足が止まった。やっぱりこのまま帰れない。

振《ふ》り返《かえ》る健介に、男の子が首をかしげてきた。

「なに？　まだなにか用？」

「あ、あのさ……さっきの三冊《さつ》、どうすんの？」

「ああ、逃《に》げた本たちのこと？　しばらくはおしおき部屋に入ってもらうよ。じっくり反省してもらわなきゃね。まあ、ほしいっていうお客さんが来れば、話は別だけど」

「そうなのか？」

「うん」

「それじゃ、おれが買うよ！」

間髪《かんはつ》いれず、健介は叫《さけ》んでいた。

「『桜守の狐』って本！　その……今は金がないけど、今度買いに来るから。来月、おこづかいが入ったら、買いに来るから。なんだったら、またバイトしてもいい。なんでもするから、その本、取っといてくれよ！」

ふわりと、男の子が笑った。

「いいよ。それなら、きみのために取り置きしておいてあげる。……あの本もきみが気に入ったみたいだしね。できるだけ早く、迎《むか》えに来てやってよ」

「わかった。絶対《ぜったい》また来るから。ほかの人に売らないでくれよな」

念《おん》を押して、健介はやっと本屋を出ていった。

一人になった男の子は、カウンターの上に『桜守の狐』を置いて、そっとささやいた。

「あの子、てっきり、あのまま帰っちゃうかと思ったよ。……でも、ぎりぎりで、きみを選んだね。よかったね」

本の表紙に描《えが》かれた狐《きつね》が、一瞬《いっしゅん》小さく笑ったようだった。

その本に、男の子は「取り置き」と書かれた赤い札をつけたのだ。

翌月《よくげつ》、お母さんからおこづかいをもらうなり、健介はいの一番に、あのおんぼろ本屋へと走った。

ここ何週間も、ずっと『桜守の狐』のことが気になっていた。図書館で探《さが》してみたけれど、見つからなかったし、早くあの本を読みたい。手に入れたい。

そうして駆《か》けこんだ本屋のカウンターに、あの男の子の姿《すがた》はなかった。かわりに、ひげをはやし、ベレー帽《ぼう》をおしゃれにかぶったおじいさんがいて、のんびりと新聞を読んでいた。

おじいさんは、健介を見て、「いらっしゃい」と言った。

「なにか、探《さが》しているものでもあるのかな?」

「え、えと、あの……この前ここに来て、あの、取り置きしてもらった本があるはずなんですけど」

「取り置き? 誰《だれ》にかな?」

「誰って、おれと同い年くらいの男の子。ここの子じゃないんですか?」

「いや。私《わたし》はずっと独《ひと》り身《み》で、一人暮《ひとりぐ》らしだ。この店も一人でやっているんだよ」

健介は絶句《ぜっく》した。

このおじいさんが、この本屋の主人。でも、あの男の子のことは知らないと言う。いったい、どうなっているんだろう? それより、あの本は? あれもないということなのだろうか。

絶望《ぜつぼう》で、血の気が抜《ぬ》けていくのがわかった。

そんな健介を見て、おじいさんが静かに笑った。

「じつをいうと、うちでは不思議なことがちょくちょくあるんだよね。たとえば、いつのまにか掃除《そうじ》がしてあったり、仕入れた記憶《きおく》のない本が棚《たな》に並《なら》んでいたり。まったく見覚えのない本が、カウンターの裏《うら》に置いてあって、取り置きの札がついている、なんてこともある。そんなこと、私《わたし》はした覚えはないのにねえ」

そう言いながら、おじいさんはカウンターに一冊《さつ》の本を出したのだ。桜《さくら》の木の下に白い狐《きつね》がいる表紙を見たとたん、健介は叫《さけ》んでしまった。

「そ、それ！　おれの本！」

「そうかね。それじゃ、そちらに売らなきゃならないね。お代は千円だ」

健介は震《ふる》える手でもらったばかりの千円札を出し、『桜守の狐』を買った。

ぎゅっと、本を抱《だ》きしめながら、健介はおじいさんを見た。

「あの……おれが会ったのって、誰《だれ》だったんですか？」

「私は知らない。知っているのは、この店ではときどき、私じゃない人が店番をしているらしいってことだ。ずいぶんと、この店を気に入ってくれているのだろうね。ずっと前から、ここを手伝ってくれている。座敷童子《ざしきわらし》さまではないかと、私は思っているんだ」

「ざしき、わらし？」

「福を呼《よ》んでくれる小さな神さまみたいな存在《そんざい》だよ。座敷童子さまがいるから、だから、ここはつぶれない。私《わたし》はね、そんな気がしてならないんだ」

「…………」

「またおいで。もしかしたら、また会えるかもしれないよ」

「ほんとに？」

「うん。きみが困《こま》って、追いつめられていれば、きっとまた会える。……うちの座敷童子《ざしきわらし》さまは、なにかでぎりぎりとなっているお客さまの相手をするのがお好きなんだよ。だからかな。うちはほんとは『片桐書店《かたぎりしょてん》』なんだけど、最近じゃ、『ぎりぎり書店《しょてん》』と言われているんだよ」

「…………」

「とにかく、お買い上げありがとうございました。気をつけてお帰り」

おじいさんの穏《おだ》やかな笑顔《えがお》に見送られ、健介は店の外に出た。出たところで、振《ふ》り返《かえ》って本屋を見た。

今にもつぶれそうなくせに、長々と続いている不思議な本屋。おじいさんは、座敷童子がいるからだって言っていたけれど、案外当たっているのかもしれない。

「ぎりぎりの本屋さんか……」

できれば、あの男の子にはまた会ってみたい。またぎりぎりの状態《じょうたい》になったら、ここに来てみようかな？

そんなことを考えながら、健介は『桜守の狐』をしっかりとかかえて、家への道を歩き出した。

エピローグ

ぎりぎりの本屋さん、いかがでしたか？

世の中には、追いつめられてぎりぎりの人って、案外いるものでしょう？　そんな人のために、この本屋はあるんです。

本には、人の気持ちをやわらげたり、落ち着かせたり、たいせつなことを思い出させたり、心に効《き》く薬のような作用があります。

そんな本を見つけられるかどうかは、あなた次第《しだい》ですけどね。

え？　ぼくが誰《だれ》か、わかったって？

ちまたでは、ぼくがいると幸せになるなんていう人もいますけど、それが正しいかどうかは、ぼくにもわかりません。それに、ぼくは気まぐれだから、いつまでいるか……。

もし、あなたの住んでいる町に、看板《かんばん》がかすれてつぶれそうな本屋があったら、どうぞ入ってみてください。

「ぎりぎりだったね」という、合い言葉もお忘《わす》れなく。

さて、そろそろ閉店《へいてん》の時間です。

またお会いする日まで、さようなら。

スペシャル付録！

締《し》め切《き》りがぎりぎりな
児童文学作家さん５人に聞いた

144字
以内で
答える

本屋さんに
まつわる10の質問《しつもん》

この本のテーマとなった「本屋さん」ですが、読書が好きな人にとって身近に感じる場所でしょう。とくに本が好きでないという人でも、ゲームやマンガ、スポーツなどさまざまなジャンルの本が売られていますから、まるで興味《きょうみ》をそそられないということはないはずです。なかには、急に何かを調べなくてはいけなくなって駆《か》けこむという人も、店内のカフェでゆっくりしたいという人もいるでしょう。

そして、物語を書く作家さんたちにとっても、本屋さんはとてもたいせつな存在《そんざい》です。そこで創作《そうさく》のアイディアが生まれたり、自分の作品がどうやってお客さんに買われていくのかを目《ま》の当《あ》たりにしたり……。『ぎりぎりの本屋さん』を書いた、まはら三桃《みと》さん、菅野雪虫《すがのゆきむし》さん、濱野京子《はまのきょうこ》さん、工藤純子《くどうじゅんこ》さん、廣嶋玲子《ひろしまれいこ》さんに、本屋さんにまつわる10の質問をぶつけてみました。みなさん、締《し》め切《き》りがぎりぎりなので、一問につき答えは144字以内です。

人気の作家さんたちは、どのように本屋さんとつきあっているのでしょう？　お楽しみください！

質問

子どものころにかよっていた本屋さんのイメージを教えてください。

まはら

駅前にある二階だての本屋さん。二階は売り場ではなく、細い階段《かいだん》の一段目でいつも店番の人が漫画本《まんがぼん》を読みふけっていました。数年後、私《わたし》の友達がその本屋さんでバイトをはじめ、同じように階段の一段目で漫画を読んでいるのを見たときはうらやましかったです。

菅野

昔の田舎《いなか》だったので、本屋＝なんでも売っているお店。文具、事務用品《じむようひん》、レコード、カセットテープ、プラモデル、縄跳《なわと》び、ボール、標本キット、古切手、トランプ、花札《はなふだ》、靴《くつ》や人形まで売っていました。

濱野

最寄《もよ》り駅《えき》の周辺に二軒《けん》の本屋さんと、一軒の古本屋さんがありました。今は三軒ともありません。一番よく行ったお店は一戸建ての平屋で、間口《まぐち》は狭《せま》いのですが、案外奥行《おくゆ》きがありました。そこはぎりぎりの本屋さんと少し似《に》ています。地下室はなかったです。いや、もしかしたら、あったのかも……。

工藤

小さいころ、東京《とうきょう》の調布市西《ちょうふしにし》つつじヶ丘《おか》というところに住んでいました。家の前には畑が広がり、牛舎《ぎゅうしゃ》があるようなところです。町にある本屋さんは、こぢんまりと薄暗《うすぐら》く、立ち読みをしても怒《おこ》られないけれど、おばちゃんはちょっと怖《こわ》かったです。

廣嶋

バスで三十分かかる大型書店《おおがたしょてん》に、親に連れていってもらっていた。一階から五階まで、建物全体が書店というのが子ども心に魅力的《みりょくてき》で、特に絵本や児童書が充実《じゅうじつ》していたのがすてきだった。その書店はまだ同じ場所にあるが、児童書コーナーはだいぶ縮小《しゅくしょう》されてしまった。ガッデム！

質問

自分のお小遣《こづか》いで、初めて本屋さんで買った本はなんですか？

濱野

ルイザ・メイ・オルコットの『若草物語《わかくさものがたり》』です。小学校三年生のときにお年玉で。たぶん『少年少女世界名作文学全集』（小学館）の一冊《さつ》だったと思います。買ったのは成増《なります》名店街ビル（東京《とうきょう》都《と》板橋《いたばし》区《く》）の中にあった本屋さんですが、そのビルはとっくに建《た》て替《か》えられ、本屋さんも今はありません。

菅野

マンガは小学三年のときの『キャンディ♡キャンディ』第《だい》一巻《かん》。活字本は中学一年のヘルマン・ヘッセの『メルヒェン』（新潮文庫）です。

工藤

小学３年生のとき、引っ越し先に本屋さんがないかもしれない……いや、ないに違《ちが》いない！　といいはって、もらった図書《としょ》券《けん》を全部使おうとしました。『なかよし』や『りぼん』、『ドラえもん』なんかをまとめて買おうとしたら、本屋さんのおばちゃんに「一度に使っちゃダメよ！」と叱《しか》られました……。

まはら

物語や図鑑《ずかん》などの本は、買ってもらえたので、自分で買ったのは漫画雑誌《まんがざっし》の『なかよし』です。『りぼん』を購読《こうどく》している友達と交換《こうかん》して読んでいました。付録も半分ずつわけたりしていました。

廣嶋

おぼえていない。そもそも、我《わ》が家《や》には「お小遣い」がなかった！　ほしいものがあれば、親におうかがいを立て、「よし」をいただければ買ってもらえるシステム。それに、本は親が積極的に買ってきてくれていたので、自分でほしがる必要がなかった。駄菓子《だがし》を買ってもらうほうが大変だった。

質問
本屋さんに行ったとき、最初に見るコーナーはどこですか？

工藤
やはり児童書コーナーです！　つい、自分や知り合いの本を見つけたくなるんです。それに、「小三の孫に、動物のお話を買ってあげたいんだけど」なんて声が聞こえてくると「それなら、こちらがお勧《すす》めです！」と、思わずしゃしゃりでたくなるクセも……（笑）。

廣嶋
やはり児童書コーナー。ほしいものがあるときは別だが、なにげなく本屋に入ったときは、いつも吸《す》い寄《よ》せられるように児童書のほうへ向かってしまう。自分の本があると、「むふ」と、照れくさくも嬉《うれ》しい鼻息をもらす。児童書コーナーにそういう怪《あや》しいやつがいたら、それは私《わたし》です。

まはら
新刊《しんかん》コーナーです。まずは話題の本をチェックして、その後児童書コーナーへ。いつどこへ行っても『ふしぎ駄菓《だが》子屋銭天堂《しやぜにてんどう》』が山積みなのをうらやましく眺《なが》めつつ、自分の本を確認《かくにん》します。置いてないときは地味に傷《きず》ついて帰ります。

菅野
入ってすぐのコーナー、つまり「今話題」「新刊」や「ベストセラー」です。それらをざっと見ると、リアル書店に来る人の流行がわかるのでありがたいです。ネット書店のベスト10《テン》も、ほぼ毎日見ます。二つのちがいがおもしろいです。

濱野
目的の本があるコーナー。なので、きまってません。あるときは新書、あるときはマンガ、あるときは社会科学、あるときは文芸、あるときは旅行ガイド、あるときは雑誌《ざっし》。最近は、児童書コーナーに直行することが増《ふ》えました。そこに自分の本が置いてないと、「だめじゃん、このお店」とこっそりつぶやきます。

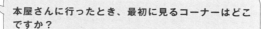

質問

本屋さんにいるとトイレに行きたくなるという説がありますが、これって本当だと思いますか？

菅野

私《わたし》はあまりないので都市伝説じゃないかと思いますが、本屋ではじっくり一時間以上選んでいることも多く、長居《ながい》すれば当然行きたくなることもあるので、トイレがある（近い）店はありがたいです。

まはら

心理学的には説明がつくらしいですね。人は圧迫感《あっぱくかん》を感じると緊張《きんちょう》するとなにかで読んだことがあります。私は本屋さんよりも、食器売り場で緊張します。高級な食器の前でつまずいて派手《はで》にこけてしまう自分を想像《そうぞう》して、大変恐怖《きょうふ》を感じます。

廣嶋

これ、本当だと思う。小さなころは、ほぼ八〇パーセントの確率《かくりつ》で、トイレに行きたくなった。それも、決まって「大」のほう。これは図書館でも同じだったので、「大量の本のにおいが大をさせたくなるのかもしれない」と、わりと本気で思っていた。あの生理現象《せいりげんしょう》はなんだったのだろう？

濱野

そんな話、聞いたことない、と思ったけど、ネットで検索《けんさく》したら沢山《たくさん》ヒットしてびっくりでした。若《わか》いときは本屋さんは長居するのが当たり前だったので、よく行く本屋さんのトイレの場所は知っていましたけどね。あと、トイレに行きたくなって本屋さんに立《た》ち寄《よ》り、ついでに本を見る、ということはあります。

工藤

印刷のインクのにおいのせいだと聞いたことがありますから、においに敏感《びんかん》な人は影響《えいきょう》があるかもしれませんね。そのうち、いちごやメロン、ラムネのように、好みのにおいで本が買えるようになったら楽しいですね！

質問　**本を買ったおかげで災《わざわ》いが減《へ》ったこと、ありますか？**

廣嶋

災いが減ったかどうかはわからないが、本のおかげで確実《かくじつ》にサバイバルへの知識《ちしき》は身についたと思う。一時期、『冒険図鑑《ぼうけんずかん》』という本を愛読していた。いざというときに魚をとる方法、火起こしの方法、野宿の仕方。今でもしっかり頭に残っているので、山で迷子《まいご》になったときなどには使いたい。

濱野

『震災時帰宅支援《しんさいじきたくしえん》マップ』という地図帳《ちずちょう》を持っています。ぼろぼろになったので、東日本大震災《ひがしにほんだいしんさい》の後に、買《か》い換《か》えました。今のところ、役に立ったことはありませんが、お守りみたいにいつもカバンに入れています。「この本のおかげで助かった」と思うような災害《さいがい》が起こりませんように……。

工藤

災いといえば、わたしが小学生のころ、「ムー大陸《たいりく》」とか「超能力《ちょうのうりょく》」とか、不思議な世界の本がはやっていました。特に、「ノストラダムスの大予言《だいよげん》」の本を読んで、本当に地球が滅亡《めつぼう》したらどうしよう……と怖《こわ》かったです。無事ですんだのは、本を読んだ人たちが、平和を願ったからかもしれません！

菅野

災いが減ったというより福が来ました。美容部員《びようぶいん》注1だったころ、色々な職業《しょくぎょう》のお客さんに「そのお仕事って、○○で××だから大変なんですよねえ」と本で読んだ知識を駆《く》使《し》すると、「よくわかりますね」と喜んでもらえました。

まはら

お小遣《こづか》いが減ったことはあっても、災いが減ることは……。でも、本を買った後は満足感で気持ちが晴れやかになるので、知らないうちに災いを回避《かいひ》しているのかもしれませんね。笑《わら》う門《かど》には福来《ふくきた》るです。

注1：デパートや専門店で化粧品の販売をしたり、お客さんのお化粧などについてアドバイスしたりするお仕事。

質問 **本、もしくは本屋さんのおかげで、それまで親しくなかった人と友だちになれた経験《けいけん》、ありますか？**

まはら
小学校二年生のとき。私《わたし》はいじめられっ子だったのですが、一番苦手だった女の子が本を貸《か》してくれました。お金持ちの少女が迷子《まいご》になって孤児《こじ》になり、どんどん悪くなっていくというジェットコースターのような悲劇《ひげき》でしたが、それまで読んだことがないタイプの本で妙《みょう》におもしろく、その子とよく遊ぶようになりました。

廣嶋
中学一年になったとき、クラスメートが知らない子ばかりで、孤島《ことう》に取り残されたような心細さがあった。それをまぎらわせるために本を読んでいたところ、「本が好きなら、これ読んでみない？」と、ある子が宗田理《そうだおさむ》の『ぼくらの七日間戦争《なのかかんせんそう》』を貸してくれた。こちらもおすすめ本を貸して、友達になれた。

濱野
ありません。同じ本を好きだったことで話が弾《はず》んで友だちになった、という経験もないです。ただ、あるときあるところにある人が、私が好きだった本について書いていて、後に知り合ったときに、そのことを話題にした、ということはありました。今は親しい友人です。

工藤
五、六年生のとき、同じクラスになった子が『次郎物語《じろうものがたり》』や『チポリーノの冒険《ぼうけん》』なんかを読んでいました。わたしは、『こちらマガーク探偵団《たんていだん》』や『怪人二十面相《かいじんにじゅうめんそう》』などが好きで、まったく違《ちが》うタイプでしたけれど、その子と仲よくなり物語を交換《こうかん》するうちに、作家になりたいと思うようになりました。

菅野
あります。本を読んでいれば話題が多くなるので、よく「これを知ってる人がいると思わなかった」とか「初めてこのことを知ってる人に会った」と言われました。ときどき古い事件《じけん》や犯罪《はんざい》に詳《くわ》し過《す》ぎて、「あんた何者なんだ？」と気味悪がられることもありましたが。

質問　**むかし読んで、内容《ないよう》は忘《わす》れてしまったのに、ふしぎとその世界がぼんやり頭に残っている――そんな本に、大人になってから本屋さんでめぐりあえたことはありますか？**

廣嶋
学校の図書室でなにげなく読んだ一冊《さつ》があった。食べてはいけないフルーツを食べた女の子が、竜《りゅう》と共に冒険《ぼうけん》しなくてはならなくなるという話。おもしろかったのに、タイトルと作者をみごとに忘れたため、その後二十年、もんもんと探《さが》し続《つづ》けた。ようやく『とび丸竜《まるりゅう》の案内人《あんないにん》』とわかり、無事ゲット！

工藤
『ぐりとぐら』のカステラや、『ちびくろ・さんぼ』のホットケーキなど、食べ物の場面だけよく覚えています。『ちびくろ・さんぼ』は絶版《ぜっぱん》になってたけれど、また本屋さんで見つけてうれしかったです。わたしは洋菓子《ようがし》や和菓子のお話も書いていますが、子どものころ読んだ本が大きく影響《えいきょう》していると思います。

菅野
前出の初めて買った文庫本が、それに近いです。祖母《そぼ》の家の『暮《くら》しの手帖《てちょう》』で読んで心に残っていた藤城清治《ふじしろせいじ》の影《かげ》絵《え》つきの童話《どうわ》「ひとつだけの贈《おく》り物《もの》」の原型が、ヘッセの「メルヒェン」という本に載《の》っていた『アウグスッス』という短編小説《たんぺんしょうせつ》でした。

濱野
昔じゃなくても、読んだ本の内容は、どんどん忘れてしまいます。「この本、おもしろかったよ」と人に勧《すす》めて、「どんなお話？」と相手に聞かれて答えられないことがしょっちゅう。シーンだけは覚えていて、あれ、何だったのかな、と思う物語はありますけどね。

まはら
うーんと、あれはなんだっけ？　全身黒ずくめの人が街に現《あらわ》れて、見た人の願いがかなうとも不幸になるともうわさされている話。あ、そうだ。私《わたし》のデビュー作、『カラフルな闇《やみ》』**注2**でした。タイトルも内容もしっかり覚えています。書店にはほぼ並《なら》んでないけれど（くすん）。

注2：第46回講談社児童文学新人賞佳作入選作。

質問　本屋さんで本の世界のキャラクターと出会えるとしたら、だれ（なに？）と会って、どんなことをしたいですか？

工藤

中学生くらいのときに読んだ、新井素子《あらいもとこ》さんの『星《ほし》へ行《い》く船《ふね》』に出てくる探偵《たんてい》の男の人が、理想の人でした！　現在《げんざい》、新しい装丁《そうてい》でステキな表紙になっていますが、読み返すのもドキドキしそうです。願いが叶《かな》うなら、その人といっしょに宇宙船《うちゅうせん》に乗って、人類が住めるようになったという火星に行ってみたいです♥

濱野

自作の登場人物に会ってみたいんです。『その角《かど》を曲《ま》がれば』の杏《あん》とか、『トーキョー・クロスロード』の栞《しおり》とか、『石《いし》を抱《だ》くエイリアン』の市子《いちこ》とか。彼女《かのじょ》たちが、その後どんなことを考えながらどんなふうに時間を過《す》ごし、どんな人間になったか知りたい。素敵《すてき》なブックカフェでおしゃべりできたらいいですね。

廣嶋

好きなキャラが多すぎて決められない。キャラも好きだが、物語に登場する食事やおやつにも憧《あこが》れる。『モモ』に出てくる熱々のホットチョコレート、『ライオンと魔女《まじょ》』のビーバー夫人が作ってくれる魚のフライとマーマレードの焼《や》き菓子《がし》、『ハリー・ポッター』の百味《ひゃくみ》ビーンズ。ああ、本の中に入りたい！

まはら

『サマータイム』（佐藤多佳子《さとうたかこ》・著《ちょ》）で佳奈《かな》が作った海のゼリーを食べたいです。塩と砂糖《さとう》を間違《まちが》えたゼリーはとってもしょっぱいと思いますが、み口、頑張《がんば》ります。だって、〝ひと口めは、南の海の波、きらきらしたブルー。ふた口めは、海草の色、謎《なぞ》めいたグリーン。み口めは、深い冷たい水底《みなそこ》の色、青緑〟ですから。

菅野

ほら吹《ふ》き男爵《だんしゃく》。彼《かれ》の家来《けらい》になるために、草ののびる音を聞くような一芸を身に付けようと思ったことがありました。五歳《さい》のとき、テレビの影絵劇《かげえげき》でみて、「狭《せま》い場所で自分は一番だと威張《いば》ってヨソ者をいじめる人間はカッコ悪い。人は移動《いどう》しなければだめだ」と悟《さと》ったからです。

質問

自分で経営《けいえい》するとしたら、どんな本屋さんにしたいですか？

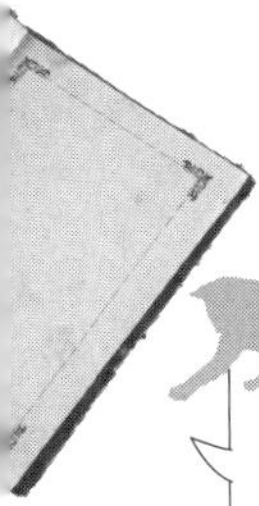

濱野

本屋さんメインのブックカフェで、ときどきイベントなどもできるお店がいいです。書棚《しょだな》には私《わたし》が好きな本や好きな作家の本を並《なら》べます。外観は一軒家《いっけんや》で庭があってベンチを置きます。あ、でも屋上庭園もいいかも。店内には、音量を落として昼間はクラシック、夜はジャズを流します。

廣嶋

ファンタジー本だけを置いている本屋を開きたい。店自体もファンタジックなものにしたい。たとえば、洞窟《どうくつ》のような内装《ないそう》にし、ハーブや大がまを飾《かざ》り、「魔女《まじょ》の図書室」を演出《えんしゅつ》。きのこの形のイスを置いて、子どもが本をじっくり読んで選べるようにもしたい。店主の私は当然、魔女のコスプレをする。

まはら

ある程度《ていど》の運動ができる書店。本好きな人はどうしても運動不足になりがちだと思うので、読書に疲《つか》れたら鉄棒《てつぼう》やストレッチで体をほぐしてリフレッシュできる軽めのジムをつくりたいです。ちなみに私は仕事をするときには、バランスボールに乗っています。

工藤

実はわたし、六年生のときの作文で、将来《しょうらい》、本屋さんを開いて自分の書いた本を売る計画を立てていました。まさか自分の本を本屋さんで売ってもらえるなんて、思ってもいなかったのでしょう。当時、手芸も好きだったので、「本と手作りのものを売る本屋さん」という設定でした。

菅野

ぜったい潰《つぶ》すと思うので経営したくないです。でも立《たち》原道造《はらみちぞう》が設計《せっけい》したヒアシンスハウスのような小屋でブックカフェはやってみたい。小説書くのと兼《か》ねて週に三～四日とか……やっぱり潰すかな。「クレヨンハウス」注3を経営しながら文筆業を続けている落合恵子《おちあいけいこ》さんはすごいと思います。

注3：作家の落合恵子さんが立ち上げ、主宰《しゅさい》をつとめている、絵本やおもちゃ、オーガニック食材をあつかっているショップ。東京《とうきょう》と大阪《おおさか》にあります。

質問　**『ぎりぎり書店』のふしぎな店員さんにメッセージをお願いします。**

菅野
つくづく本は人生の減災《げんさい》ですね。死も老いも、病《やまい》も苦しみも、必ず来ると思えば準備《じゅんび》もできます。これからも貴重《きちょう》な地域《ちいき》の減災センターとして、被災者の保護《ほご》と災害対策《さいがいたいさく》の広《こう》報《ほう》・引《ひ》き継《つ》ぎを、よろしくお願いいたします。

廣嶋
自分が住んでいた町にも、「うわあ、あの本屋、まだ続いているよ。なんでつぶれないのかな？」という本屋がありました。あまりにも古くて、ちょっと怖《こわ》い雰囲気《ふんいき》もあったので、入ったことはなかったけれど。もし入っていたら、あなたに、もしくはあなたのお仲間に会えたかもしれないですね。次は入ってみます！

濱野
立ち読みさせてくれてありがとう。マンガなど、ちょっと最初の部分を読んでみて気に入ったら買う、ということがよくあったんです。立ち読みができなくなってからマンガを買う量がめっきり減《へ》りました。だから、これからも立ち読みOKでお願いできればうれしいです。

工藤
店員さんは、本屋にきた子どもたちに話しかけ、悩《なや》みを解《かい》決《けつ》するお手伝いをしていたね。本を通じて子どもたちを応援《おうえん》したいっていう気持ちは、わたしといっしょ♪　あれ？　もしかしてわたしも座敷童子《ざしきわらし》!?　これからも、いろんな町の『ぎりぎりの本屋さん』を探《さが》して、読者を増《ふ》やしてね！

まはら
ふしぎな書店員さんがすすめる本を読みたいです。ワゴン車かなにかで移動販売《いどうはんばい》に来てくれると嬉《うれ》しいです。三日くらいならいっしょにワゴンに乗って販売のお手伝いをしても良いですね。おもしろいことがたくさんありそうです。

装画・挿絵　くまおり純
装丁　大岡喜直（next door design）

まはら三桃（まはら・みと）

1966年、福岡県生まれ。2005年、「オールドモーブな夜だから」で第46回講談社児童文学新人賞佳作に入選（『カラフルな闇』と改題して刊行）。『鉄のしぶきがはねる』（講談社）で第27回坪田譲治文学賞、第4回JBBY賞を受賞。『奮闘するたすく』（講談社）が第64回青少年読書感想文全国コンクール課題図書に選定。他の著書に、『たまごを持つように』（講談社）、『伝説のエンドーくん』『疾風の女子マネ！』（ともに小学館）などがある。

菅野雪虫（すがの・ゆきむし）

1969年、福島県生まれ。2002年、「橋の上の少年」で第36回北日本文学賞受賞。2005年、第46回講談社児童文学新人賞を受賞し、受賞作を改題・加筆した『天山の巫女ソニン1 黄金の燕』でデビュー。同作品で第40回日本児童文学者協会新人賞を受賞した。他の著書に、「女神のデパート」シリーズ（ポプラポケット文庫）、『チポロ』『ヤイレスーホ』（ともに講談社）など。ペンネームは、雪を呼ぶといわれる初冬に飛ぶ虫の名からつけた。

濱野京子（はまの・きょうこ）

1956年、熊本県に生まれ、東京に育つ。早稲田大学卒業。『フュージョン』（講談社）で第2回JBBY賞、『トーキョー・クロスロード』（ポプラ社）で第25回坪田譲治文学賞を受賞。他の著書に、「レガッタ！」シリーズ（講談社）、『くりぃむパン』『ソーリ！』（ともにくもん出版）、『バンドガール！』（偕成社）、『ビブリオバトルへ、ようこそ！』（あかね書房）、『ドリーム・プロジェクト』（PHP研究所）などがある。

工藤純子（くどう・じゅんこ）

1969年、東京都生まれ。『セカイの空がみえるまち』（講談社）で第3回児童ペン賞少年小説賞を受賞。他の著書に、『となりの火星人』（講談社）、「プティ・パティシエール」「恋する和パティシエール」の各シリーズ、「ダンシング☆ハイ」シリーズ、『モーグルビート！』『モーグルビート！　再会』（以上、ポプラ社）、「ミラクル☆キッチン」シリーズ（そうえん社）などがある。全国児童文学同人誌連絡会「季節風」同人。

廣嶋玲子（ひろしま・れいこ）

1981年、神奈川県生まれ。2005年、『水妖の森』（岩崎書店）で第4回ジュニア冒険小説大賞を受賞してデビュー。『狐霊の檻』（小峰書店）で第34回うつのみやこども賞受賞。他の著書に、「魔女犬ボンボン」シリーズ（角川つばさ文庫）、「ふしぎ駄菓子屋 銭天堂」シリーズ（偕成社）、「もののけ屋」シリーズ、『十年屋　時の魔法はいかがでしょう？』（ともに静山社）などがある。

講談社❖文学の扉

ぎりぎりの本《ほん》屋《や》さん

2018年10月23日　第1刷発行
2019年11月18日　第3刷発行

著者 ……………… まはら三《み》桃《と》　菅野《すがの》雪虫《ゆきむし》　濱野《はまの》京子《きょうこ》
工藤《くどう》純子《じゅんこ》　廣嶋《ひろしま》玲子《れいこ》

発行者 …………… 渡瀬昌彦

発行所 …………… 株式会社講談社
〒112-8001
東京都文京区音羽2-12-21
電話　編集　03-5395-3535
　　　販売　03-5395-3625
　　　業務　03-5395-3615

印刷所 …………… 豊国印刷株式会社

製本所 …………… 株式会社若林製本工場

本文データ制作 …… 講談社デジタル製作

N.D.C. 913　220p　20cm　ISBN978-4-06-513050-6

この作品は、書きおろしです。

図書室

茜色の貼り紙を見たのなら、
放課後、
図書室にいらっしゃい――。

不思議な司書さんがくれる、
不思議な本たちと出会う
きっかけ……。

講談社